读者丛书

DUZHE CONGSHU

中国梦读本

信仰的味道

读者丛书编辑组 / 编

读者出版传媒股份有限公司

甘肃人民出版社

甘肃·兰州

图书在版编目（ＣＩＰ）数据

信仰的味道 / 读者丛书编辑组编. -- 兰州 ：甘肃
人民出版社，2018.5 (2024.12重印)
（读者丛书. 中国梦读本）
ISBN 978-7-226-05282-2

Ⅰ. ①信… Ⅱ. ①读… Ⅲ. ①中国特色社会主义－社
会主义建设模式－通俗读物 Ⅳ. ①D616-49

中国版本图书馆CIP数据核字(2018)第101168号

项目统筹：李树军　党晨飞
策划编辑：党晨飞
责任编辑：袁　尚
封面设计：大帆装帧设计
Mobile:13693001107

信仰的味道
XINYANG DE WEIDAO
读者丛书编辑组　编
甘肃人民出版社出版发行
（730030　兰州市读者大道 568 号）
三河市富华印刷包装有限公司印刷
开本 710毫米×1000毫米 1/16　印张 15.5　插页 2　字数 229 千
2018年7月第1版　　2024年12月第3次印刷
印数：12 031~17 030
ISBN 978-7-226-05282-2　　定价:69.00元

目　录
CONTENTS

001　读书苦乐 / 杨　绛

004　第一件好事 / 陈小波

007　我的姑姑伍若兰烈士 / 伍德和　徐轶汝

011　真理标准讨论 40 年：重温改革
　　　宣言 / 光明网评论员

014　我们心中的父亲 / 邓　楠

019　改变命运的里程碑 / 海　闻

023　到第一家个体餐馆尝一口
　　　"改革的味道" / 李　翀

026　返乡笔记里的美丽新农村 / 舒圣祥

028　诗词歌赋里的美丽中国 / 王　凯

034　古老的皮影戏 / 庄寄北

037　中医针灸 / 闻广白

040　蓝印花布 / 刘丽华

043　彰显中华文化的格局与气度（上）/ 陈家兴

048　彰显中华文化的格局与气度（下）/ 陈家兴

051　我所经历的三次工业革命（上）/ 张维迎

057　我所经历的三次工业革命（下）/ 张维迎

061　让世界读懂当代中国 / 贾平凹

066　改革印记：三代人的旅途变迁 / 刘天竺

068　小粮票 香故事 大变迁 / 殷建光

070　令人着迷的铜奔马 / 宋喜群　蔺紫鸥

074　笙的美学精神 / 吴　彤

1

077 汉字：中华文化的独特符号 / 王立军

082 二十四节气 / 庄寄北

085 唐诗与中国文化精神（节选）/ 胡晓明

088 品味诗意端午　培育家国情怀 / 付　彪

090 屠呦呦与青蒿素 / 佚　名

093 醉心于摘取数学皇冠上明珠的人 / 李盈盈

099 航天功臣讲述钱学森鲜为人知的往事 / 高　博　陈　瑜

104 "海稻"来啦！86 岁的袁隆平仍在改变世界 / 佚　名

109 "复兴号"实验：350 公里时速下
　　倒立矿泉水瓶不倒 / 佚　名

112 "海牛"是怎样牛起来的（上）
　　/ 唐湘岳　曾晓蓉　尹　承

117 "海牛"是怎样牛起来的(下)
　　/ 唐湘岳　曾晓蓉　尹　承

123 探测引力波：开放的中国傲立潮头 / 光明网评论员

126 中国"入世印记"佑助全球共赢 / 傅云威

129 中国崛起吹响海内外人才"集结号" / 沈冰洁　郝斐然

132 开国大典天安门寻访记 / 梁天韵　卢国强

135 珍藏半个多世纪的民主记忆 / 夏莉娜

139 亲历者讲述宪法背后的
　　故事 / 吴光祥　杨景宇　董成美　王汉斌

143 国歌的故事与精神传承（上）/ 国歌展示馆

147 国歌的故事与精神传承（下）/ 国歌展示馆

152 信仰的味道：陈望道首译《共产党宣言》/ 邹伟农

155 新中国石油战线的铁人王进喜 / 佚　名

158 关友江忆小岗改革 / 高　巍

162 改革开放的象征 / 吴春燕

165 春天的故事永远在上演 / 彭　勇

2

168 在南湖红船上 / 袁亚平

171 鲁迅解剖辛亥革命 / 那秋生

175 中共二大：党史上的多个"第一" / 余 玮

181 南昌起义为何三易其时 / 张晓祺

184 过雪山草地：铸就长征的
不朽丰碑 / 龚自德

187 遵义会议的那些历史细节（上）
/ 褚 银 章世森 晁 华

192 遵义会议的那些历史细节（下）
/ 褚 银 章世森 晁 华

196 一场重写历史的强渡 / 袁新文 张 璁

201 中国共产党在抗战中的中流砥柱作用
不容否定 / 龚 云

204 1949年周恩来因何事"失踪了"整整
一星期 / 孟昭瑞

208 1956年：思考和探索中国自己的路 / 佚 名

210 愿我们体面地老去 / 曲哲涵

213 让更多"夹心层"实现安居梦 / 王石川

216 洋节崇拜 该掂掂文化分量 / 李 祥

218 土地流转咋让大家都受益 / 夏 祥 宋从峰

221 别在比较中丢了根本优势 / 叶 帆

224 改革开放30多年来的中国婚恋观
变迁 / 谢 樱 帅 才

227 中国梦当有文化作为 / 饶宗颐

230 中国道路的伦理底蕴与价值使命 / 靳凤林

233 从大历史观看中国道路 / 李红岩

236 激荡世界中的中国道路 / 郑汉根

240 致谢

读书苦乐

杨 绛

读书钻研学问，当然得下苦功夫。为应考试、为写论文、为求学位，大概都得苦读。陶渊明好读书。如果他生于当今之世，要去考大学，或考研究院，或考什么"托福儿"，难免会有些困难吧？我只愁他政治经济学不能及格呢，这还不是因为他"不求甚解"。

我曾挨过几下"棍子"，说我读书"追求精神享受"。我当时只好低头认罪。我也承认自己确实不是苦读。不过，乐在其中并不等于追求享受。这话可为知者言，不足为外人道也。

我觉得读书好比串门儿——"隐身"的串门儿。要参见钦佩的老师或拜谒有名的学者，不必事前打招呼求见，也不怕搅扰主人。翻开书面就闯进大门，翻过几页就升堂入室；而且可以经常去，时刻去，如果不得要领，还可以不辞而别，或者另找高明，和他对质。不问我们要拜见的主人住在国内国外，不问他属于现代古代，不问他什么专业，不问他讲正经大道理或聊天说笑，都可以挨近前去听个足够。我们可以恭恭敬敬旁听孔门弟子追述夫子遗言，也不妨淘气地笑问"言必称'亦曰仁义而已矣'的孟夫子"，他如果生在我们同一个时代，会不会是一位马列主义老先生呀？我们可以在苏格拉底临刑前守在他身边，听他和一位朋友谈话；也可以对斯多葛派伊匹克悌式斯（Epictetus）的《金玉良言》思考怀疑。我们可以倾听前朝列代的遗闻逸事，也可以领教当代最奥妙的创新理论或有意惊人的故作高论。反正话不投机或言不入耳，不妨抽身退场，甚至砰的一下推上大门——就是说，啪的一声合上书面——谁也不会嗔怪。这是书以外的世界里难得的自由！

壶公悬挂的一把壶里，别有天地日月。每一本书——不论小说、戏剧、传记、游记、日记，以至散文诗词，都别有天地，别有日月星辰，而且还有生存其间的人物。我们很不必巴巴地赶赴某地，花钱买门票去看些赝品或"栩栩如生"的替身，只要翻开一页书，走入真境，遇见真人，就可以亲亲切切地观赏一番。

说什么"欲穷千里目，更上一层楼"！我们连脚底下地球的那一面都看得见，而且顷刻可到。尽管古人把书说成"浩如烟海"，书的世界却是真正的"天涯若比邻"，这话绝不是唯心的比拟。世界再大，也没有阻隔。佛说"三千大千世界"，可算大极了。书的境地呢？"现在界"还加上"过去界"，也带上"未来界"，实在是包罗万象，贯通三界。而我们却可以足不出户，在这里随意阅历，随时拜师求教。谁说读书人目光短浅，不通人情，不关心世事呢？这里可得到丰富的经历，可认识各时各地、多种多样的人。经常在书里串门儿，至少也可以脱去几分愚昧，多长几个心眼儿吧？我们看到道貌岸然、满口豪言壮语的大人先生，不必气馁胆怯，因为他们本人家里尽管没开放门户，没让人闯入，他们的亲友家我们总到过，认识他们虚架子后面的真嘴脸。一次我乘汽车驰过巴黎塞纳河上宏伟的大桥，我看到了栖息在大桥底下那群捡垃圾为生、盖报纸取暖的穷苦人。不是我眼睛能拐弯儿，只因为我曾到那个地带去串过门儿啊。

可惜串门儿只能"隐身"，"隐"而犹存的"身"毕竟只是凡胎俗骨。我们没有如来佛的慧眼，把人世间几千年积累的智慧一览无余，只好时刻记住庄子"吾生也有涯，而知也无涯"的名言。我们只是朝生暮死的虫豸，钻入书中世界，这边爬爬，那边停停，有时遇到心仪的人，听到惬意的话，或者对心上悬挂的问题偶有所得，就好比开了心窍，乐以忘言。这个"乐"和"追求享受"该不是一回事吧？

（摘自豆瓣网 2016 年 9 月 30 日）

第一件好事

陈小波

文化靠什么传承？靠书。写书的人传，读书的人承。中华文明几千年，有多少书？又有多少能流传至今？

1906 年，浙江湖州陆家家道中落，变卖藏书。其中有一批国宝级的宋代、元代善本，日本人觊觎已久。

一个名叫张元济的读书人心急如焚，赶去洽谈，却远拿不出陆家要的价钱。他一边请求官府买下这些书，一边四处筹款。

而清朝已是风雨飘摇，哪有心思护书。当张元济终于筹到足够的定金赶去湖州时，皕宋楼书去楼空，数百部宋元善本已被日本人捷足先登买走。

最好的保护，就是公之于众，代代相传。

张元济是商务印书馆的编译，痛失皕宋楼善本，令他抱憾终身。在中华文化存亡绝续之时，将濒临毁绝的古籍出版成为他最重要的工作。以一人之力，举一国之事。经过十几年的搜购，商务印书馆的收藏和出版已初见规模。1926年，他们建立了亚洲最大的图书馆——东方图书馆，并在张元济的提议下，向人民群众免费开放。

然而，这座传奇的图书馆只存在了6年。日军入侵上海时，专门轰炸了商务印书馆总厂、东方图书馆。厂房被毁，46万余册书籍付之一炬，方圆几公里的上空都飘着没有烧尽的书页，连下水道都被熔化的铅水堵死了。

浩劫之后，张元济心痛不已，哀叹"大都好物不坚牢，彩云易散琉璃脆"！但他立刻开始带领商务印书馆员工咬牙复兴，转移印刷设备、易地重建，竟很快恢复了"日出一书"的能力。

1904年，商务印书馆出版《最新国文教科书》。

那一年，冰心四岁，这是她启蒙的第一本书。

商务印书馆被日军炸毁后，张元济面临一个问题：仅有的资源最应该印什么？他们的回答是：教科书。古籍停了，新书停了，只有教科书不停。越是国家危亡，越要开启民智。

日军始终没有放弃摧毁商务印书馆的罪恶念头。战火中，商务人带着印刷设备辗转香港、北平、长沙、重庆，为不辜负文化使命而奔波。

多年以后，冰心的第一部诗集《繁星》由商务印书馆出版。巴金、老舍、丁玲、梁漱溟、冯友兰等人也是在商务印书馆出版了自己的第一部作品，他们从读者变成了作者。

1953年，第一版《新华字典》发行，这是新中国成立后第一部白话字典，500万册半年内销售一空。

半个多世纪以来，《新华字典》经过上百名专家学者十几次大规模修订、数百次重印，截至2015年，全球发行量达5.67亿册，已经是世界上发行量最大的工具书。

时至今日，这本小小工具书已走出国门，服务于世界各国的汉语爱好者。"有中国书的地方，就有《新华字典》。"它是一位无声的老师，一所没有围墙的学校。

　　文化兴，则国运兴；文化强，则国运强。我们决不能忘记，历史的暗夜中，是一批出版人为中华民族守住了文化自信的底气。因为他们，我们的精神才如此富有。

（摘自新华网 2017 年 12 月 29 日）

我的姑姑伍若兰烈士

伍德和　徐轶汝

1962 年，朱德元帅重上井冈山时曾赋诗一首《咏兰》，表达对爱妻伍若兰（1906—1929）的怀念："井冈山上产幽兰，乔木林中共草蟠。漫道林深知遇少，寻芳万里几回看。"

她死活不肯裹小脚

姑姑伍若兰从小就是个性格刚强的孩子。母亲告诉我，那时候女子都要裹小脚，姑姑死活不肯，裹布缠上去了就被她拆掉，如此翻来覆去好几次，爷爷发话了："不裹就算了，随她去吧!"

1924 年，姑姑从湖南耒阳县女子职业学校毕业后，以优异的成绩考入了"女三师"。当时，"男三师"和"女三师"是湘南地区的最高学府，最进步的学校。

以至于当时国民党给"三师"的评价是："匪"患无穷！姑姑就在这样的环境里接受了革命思想，走上了革命道路。

与朱德相识相爱

1928 年初，对姑姑来说，是她人生最重要的时刻。在年初的湘南起义中，她与朱德相识。3 月，两人在耒阳结婚。姑姑和朱德的结合，与其说是很多人促成的，不如说是"志同道合"的结果。两人年龄相差 20 岁。

父亲回忆说，你的姑姑和朱德的婚姻大事，起先并没有向家里"汇报"。婚后有一天，姑姑回家看爷爷奶奶，奶奶问她："听说你和朱德结婚了？"姑姑一听，脸"唰"地红了，没作回答。

他们婚后一个月，朱德、陈毅率领湘南起义军一万多人上了井冈山，和毛泽东领导的秋收起义部队会师，成立了工农红军第四军。姑姑被任命为红四军政治部宣传队队长。临上井冈山之前，她对我父亲说："哥，父母靠你照顾了，我是回不来了。你们不要害怕，不就是一个死么！"没想到竟然一语成谶。至今，姑姑当年婚房内的梳妆台，还留在耒阳的博物馆里。

战友称她"双枪女侠"

上了井冈山后，姑姑很快"出名"了。首先是因为她出色的宣传工作。今天井冈山上的博物馆内，还有姑姑亲手连夜赶出来的红四军军部的命令、文告等。

为了适应险恶的战争环境，姑姑还练就了双手打枪的本领。她说过，要是在战斗中右手被打伤了，左手照样能杀敌。她枪法出众，战友们私下都叫她"双枪女侠"。执行任务时的姑姑，身挎双枪，英姿飒爽。

掩护部队受伤被俘

1929年1月，蒋介石纠集湘赣两省6个旅3万多人向井冈山进攻。1月14日，姑姑跟随朱德和3000多名红四军官兵离开井冈山。在转战途中，敌人对红四军穷追不舍。

2月2日，在江西寻乌县的一个村子，天还没亮，敌人的追兵赶到了。战斗十分惨烈，敌人倚仗兵力优势围追堵截。为了摆脱敌人纠缠，掩护朱德和军部，姑姑带领警卫排边打边退。当时，姑姑的腿上中了弹，没法走了，但她坚决不投降，趴在地上狙击敌人，来一个打一个。最后，敌人从她身后绕过去，用枪托把她打得头破血流。

姑姑被俘后，敌人一开始并不知道她的身份，后来被另一个被俘的士兵指认："这是我们军长的妻子！"

敌人对她施以重刑，但刚强的姑姑宁死不屈。2月12日，姑姑在赣州被国民党残忍杀害，年仅23岁。更令人发指的是，敌人还将她的头颅挂在赣州城门示众。

敌方士兵夸她顽强

姑姑英勇就义的经过，我们还是从新中国成立前曾驻扎在老家的国民党士兵那里得知的。当时有个国民党士兵问我们："你们家是不是有一个叫伍若兰的？"全家人很害怕，都不敢承认。没想到这个士兵接着说："这个伍若兰可真是顽强，我们用竹签扎她的手，把她吊起来打，灌辣椒水，坐老虎凳，她都不低头。问她红军在哪里，她说在人民群众的心中。要她投降，她却说：'要我投降，除非赣江水倒流！'"

我们默默地听着，心里很难受！虽然姑姑在临上井冈山前，就跟我们说过："砍头了不得了？我有心理准备！"可我们仍希望，这个人是在胡说。

"井冈兰"永远美丽

当时通讯落后，信息不通，直到 2 月 17 日，朱德才从报纸上看到妻子牺牲的消息。他们没有孩子，朱德手里只有姑姑亲手做的一双布鞋。

在粟裕的回忆录中提到，听说伍若兰被俘时，朱德心里就明白凶多吉少，因为他了解妻子的性格，知道她是宁死也不会投降的。朱德什么都没说，他拿着这双鞋，独自一人走进了树林里。

姑姑牺牲时，她和朱德结婚还未满一年，但他们之间的感情非常深厚。朱德曾经向美国作家史沫特莱如此介绍："她在农民里无人不知，是不怕死的农民组织者。"

坊间还流传着一个美丽的故事：朱德 1962 年重上井冈山，临下山时，他什么也不要，只带走了一盆"井冈兰"！

（摘自《文摘报》2011 年 5 月 28 日）

真理标准讨论 40 年：重温改革宣言

光明网评论员

1978 年 5 月 11 日，特约评论员文章《实践是检验真理的唯一标准》，在《光明日报》第 1 版刊发。

这篇文章的修改历时七个月，增删十数次，直接或间接参与的理论界、新闻界人士数十人。在某种意义上，它所讨论的问题的方式和突破口，已经在中国知识界酝酿已久，甚至可以说，是中国现代化的问题在特定历史节点的再度显现。在更大的历史视野内看，与其说它的诞生是石破天惊，还不如说它的出现是历史所向。

也正因为如此，它瞬间点燃了中国社会解放思想的热情。它刊发后几个月间，上百报刊转载，同主题理论文章达到数百篇，各省、自治区、各大军区负责人纷纷表态支持。从基层到高层，从新闻界、理论界到社会其他各界，各种讨论形成了巨大的混响，最终在"解放思想，实事求是"上达成了共识，为改革开放奠定了思想基础。恰因为对中国历史、中国现代化的症结有所透视，这篇文章及其引发的大讨论才获得了超越历史的力量和观照当下的能力。

它挑战了中国历史上常出现的思想禁锢，以马克思主义的基本原理导出解放思想的合理性和政治正确性；它将潜流变为潮水，将思想解放外化为社会开化，塑造了一种改革突破之前必有思想突破的传统；它受到了无数反驳、质疑、怒斥，但这种人人开口的争论本身，也成为它所推崇的思想解放的一个侧面；它让中国眼光对标世界视野，让曾经的"圭臬"接受常识拷问，构成了中国社会思想现代化、人的现代化的重要一环。

经由这场解放思想的大事件，中国社会的自我认知、外部认知、对社会发展逻辑的认知都发生了深层次的变化。深圳蛇口树起"时间就是金钱，效率就是生命"的广告牌，而不必担心犯"思想罪"；北京首钢开启"利润留成，放权让利"的改革，再不必担心以私犯公。40年来，真理标准讨论所形成的思想解放共识，已内化成了中国人的认识基础、精神力量、社会责任，培育出了敢试敢闯的创新思维、开放自信的国民心理、竞争共赢的社会意识、破除积弊的思想魄力，强有力地推动着中国由传统型社会向现代型社会演进，从封闭型社会向开放型社会过渡。

它成为撬动改革开放的思想杠杆，成为特定历史背景下，以哲学语言展开的政治宣言；它使"解放思想，实事求是"获得了广泛且坚实的认同，树立了在未来改革关口破路前行的思维模式；它使中国的现代化探索回归"实践"，开启了理论创新与实践检验的良性互动。回顾40年来中国改革在关键节点的争议和讨论，都能看到真理标准讨论所塑造的原则。

1992年，中国改革面临新的瓶颈，邓小平南方视察时对"姓社""姓资"的问题进行了厘清，对社会主义本质进行了深刻阐释，从某种意义上说，是对真理标准讨论精神的一次盘活，是对实践标准的重申。随后几十年中，改革既有春潮带雨，又有乱云飞渡。在更加精细化、更加具体的改革争论中，比如国企改革、医疗改革、教育改革、社会治理改革，都在以不同方式、不同规模复盘着真理讨论模式。这些改革的迂回、试错、前行，都在更长更广的时空内呈现着"实践检验"的力度。

同样，今天的全面深化改革、全面对外开放的历史进程，也正在经历最广阔意义上的"实践检验"，其结果将在较长的历史周期内反馈。正如新时代中央"思想再解放，改革再深入"的号召，任务更为复杂的中国当代改革，应更加透彻地吸取真理标准讨论的精神力量，更加深刻地认识这场讨论对中国问题的剖析，更加充分地依靠这场讨论形成的社会共识，以解放思想凝聚思想、以实事求是寻求合力，让开启改革开放的巨大力量再次为全面深化改革赋能。

这正是我们定期回望、不断重温这篇改革开放宣言的意义。

（摘自光明网 2018 年 5 月 11 日）

我们心中的父亲

邓 楠

父亲离开我们已经 17 年了，他到底给我们留下了什么？我们今天应该怎样纪念他，认识他？这是我反复思考的一个问题。

信仰坚定的共产主义者

父亲对共产主义的信念很年轻时就确定了。他 16 岁时去法国，本来是想勤工俭学，但是他做工所得连糊口都困难，"工业救国""学点本事"的初衷变成了泡影。父亲回忆说，那时候小小年纪，在克鲁梭的钢铁厂拉红铁，做一个月的苦工，赚的钱连饭都吃不饱，还倒赔了 100 多法郎。这样的切身感受，造就了他坚定的马克思主义信仰，这种信仰融入了他的生命。他后来说："我自从 18 岁加入革命队伍，就是想把革命干成功，没有任何别的考虑。"

　　父亲对社会主义事业充满感情。新中国成立以后，社会主义建设取得的每一个成功，他都高兴；社会主义建设经历曲折，走了弯路，他忧心。"文化大革命"结束以后，党和国家面临着重大历史选择，中国向何处去，中国的社会主义事业在经历曲折和挫折后如何向前发展？父亲在古稀之年，毅然挑起了历史重担，带领党和人民恢复实事求是的思想路线，走出"以阶级斗争为纲"的泥潭，把工作重点转移到现代化建设上来，实行改革开放，开创中国特色社会主义道路，使社会主义在中国又迸发出勃勃生机。

　　20世纪80年代末90年代初，国际国内风波迭起，社会主义在世界的前途命运令人担忧。在这样的关键时刻，1992年父亲发表南方谈话，坚定地表示：虽然一些国家出现严重曲折，社会主义好像被削弱了，但人民经受锻炼，从中吸取了教训，将促使社会主义向着更加健康的方向发展。不要惊慌失措，不要认为马克思主义就消失了，没用了，失败了。哪有这回事！他说："我坚信，世界上赞成马克思主义的人会多起来的，因为马克思主义是科学。我们要在建设中国特色社会主义的道路上继续前进。"在父亲南方谈话精神指引下，中国特色社会主义乘风破浪，取得了更大的成就，到今天，全世界都在谈论中国道路。我们那时候陪在父亲身边，真的感到他是在用尽自己的生命来讲那些话。88岁的老人家，讲得多激动、多恳切、多用心啊！他真是付出了自己的所有感情，甚至最后的一点精力。这次谈话以后，父亲的身体状态在很短的时间里急转直下，再也没有缓过来。父亲正是用这种拼命精神，完成他对社会主义的历史任务，完成他的政治交代。

百折不挠的共产党员

　　父亲的坚强意志是在斗争和考验中磨炼出来的，最有名的是"三落三起"，特别是每一次"落"，都要承受普通人难以承受的压力。但他愈挫愈奋，愈压愈强。他一次次被打倒，又一次次地站起来，而且比以前更加辉煌。父亲总是说，他能够在被打倒后极其困难的情况下坚持下来，是因为他有坚定的信念，是乐观主义者，相信天塌下来也不要紧，总有人顶住。在我们子女看来，父亲具有钢铁般的意志，他是个顶天立地的人、特殊材料铸成的共产党人。

"文化大革命"中父亲第二次复出恢复工作之后，他不怕被再次打倒，为了扭转当时的困难局面，发动领导了1975年的全面整顿。他不顾"四人帮"的重重阻挠，大刀阔斧地开展各方面的整顿，全力扭转经济下滑的局面，为了党和人民的事业，跟"四人帮"进行坚决的斗争。连毛主席都说，他是"钢铁公司"。

父亲第三次复出时，已经是73岁高龄了。这是别人含饴弄孙的年纪，但父亲以共产党员的历史担当和坚定意志，克服重重困难，毅然决然地带领中国共产党和全体人民，开创了中国特色社会主义道路。记得1979年他去登黄山，那时候他已经75岁了。我们对他说，老爷子你年纪这么大了，给你准备一个滑竿，要是爬不动了一定要坐滑竿，不要勉强。父亲话不多，只是干脆地说："我能走！"登黄山对我们还算年轻的人，都是很累人的事。父亲其实也非常累，下山以后腿肿了整整一个月。下了黄山以后，他说了一句话："黄山这一课，证明我完全合格。"他不只把登黄山看作体力上能不能上去的问题，而是要表达他为党、为人民工作的决心和那种坚持不懈、永远向上的精神。以后的岁月，他充满自信和勇气，坚定不移地推动改革开放，为我们的党和国家开辟了一片新天地。

敢于创新的改革者

父亲称他自己是实事求是派，自认是比较活泼、善于接受新鲜事物、不走死路的人。他的思维是很敏锐的，善于发现和总结群众的创造来推动工作。他总是从实际出发，而不是从本本出发，不是从固定的思维模式出发。他一再强调要解放思想，实事求是，开动脑筋，用自己的实践回答新情况下的新问题。他经常和我们说，马克思主义是很朴实的东西、很朴实的道理。他教育我们，考虑问题不要脱离现实，不要主观臆断，要符合客观实际。

父亲提出开创中国特色社会主义道路，首先就是从解放思想开始的。"文化大革命"结束以后，有的人主张"两个凡是"，固守成规，走老路。父亲坚决反对，主张实事求是，一切从实际出发。他支持"真理标准讨论"，发动思想解放运动，动员全党开动脑筋，把工作重点转移到现代化建设上来，实现了伟大的历史转折。

父亲领导改革开放，总是鼓励大家要大胆地闯、大胆地试。当安徽农民的"大包干"受到非议的时候，父亲给以支持。他对省委书记万里说：你就实事求是地干下去。最后，安徽农民的创造变成了农村改革的燎原之火。对外开放最初，没有经验，当广东提出要办特区，父亲支持他们，要他们自己去搞，杀出一条血路来。1984年，当对社会主义经济是商品经济这个话题仍有很大争议的时候，父亲明确表示赞成这个提法，使十二届三中全会取得了经济体制改革理论上的重大突破，为从计划经济向社会主义市场经济转轨打开了道路。父亲对此高度评价，说这次说了老祖宗没有说过的话，有些新话。

父亲很重视科技创新。他在设计现代化蓝图的时候，特别重视现代科技在生产力中的作用，认为科技是第一生产力。1992年父亲在珠海参观高科技企业的时候，对科技人员说："搞科技，越高越好，越新越好。越高越新，我们也就越高兴，不只我们高兴，人民高兴，国家高兴。"对改革开放和现代化建设中每一个实践创新、理论创新、科技创新，父亲都是那么热情，那么振奋。

热爱生活的普通人

父亲在政治上是个伟人，但他同时是一个热爱生活、热爱家庭的普通人。

父亲喜欢打台球，喜欢打桥牌、游泳，喜欢寄情山水名胜，喜欢一切美好的事物。父亲指挥过千军万马，但他对描写战争残酷的电影一概不看，我们问他为什么，他说以前打仗时看到的死人太多了。所以他特别珍惜和平年代，特别热爱生活。1979年他访问美国时，美国政府为他举办了一个大型演出。在演出中，一群美国儿童唱了《我爱北京天安门》。当孩子们唱完歌以后，父亲和母亲上台亲吻了这些孩子。当时世界还是东西方意识形态对立，西方国家对中国人还有"好战"的偏见。父亲作为社会主义国家的高级领导人，在台上亲吻美国孩子，这温馨的一幕让大家都很感动，流下了眼泪。卡特总统后来在回忆录里还特别对这件事做了很感慨的描述。

父亲把家庭看得特别重。他曾经说过："家庭是个好东西。"他把工作和家庭分得很清楚，从来不把工作上的事情跟家里人讲。公事是公事，家庭是家庭。在他心里，家庭就是给他快乐、使他能充分休息以便更好工作的地方，他非常喜欢这个家，特别爱和子女在一起享受家庭的温情。在我们的眼中，父亲是最朴实、最普通的父亲。父亲是这个家的中心，他爱家里的每一个人，我们也爱他。父亲跟我们说，如果世界上评选最优秀爷爷奖、最佳爷爷奖，那他应该当选。他是发自内心地以当个好爷爷为荣的。

父亲爱生活、爱家庭、爱亲人，源自他心中对祖国、对人民的大爱。他把自己、亲人，看作千千万万普通百姓的一员，推己及人。他说："我是中国人民的儿子，我深情地爱着我的祖国和人民。"他每去一个地方都要反复嘱咐，绝不能扰民。父亲是特别喜欢跟群众在一起的。1983 年春节，他到江浙去，看到人们喜气洋洋，新房子盖得多，市场物资丰富，十分高兴，回来就同中央领导谈话，希望各个地方都做好规划，到 20 世纪末建设一个人民物质和精神生活都丰富的小康社会。1992年春节，父亲在深圳参观仙湖植物园，看到一棵玉树。我们对他说："这是发财树，我们都来摸一下嘛，都发财。以后咱们家也种一棵。"父亲深情地说："让全国人民都种，让全国人民都发财。"父亲说过："将来国家发展了，我当一个富裕国家的公民就行了。"不管何时何地，父亲心里装的总是千家万户的老百姓。

今天，父亲领导开创的中国特色社会主义事业充满活力，人民生活比以前更好了，民族伟大复兴的中国梦前景广阔。父亲设计的现代化建设的第三步战略目标正在一步步实现，他老人家如果今天还在，会多么欣慰！

（摘自《人民日报》2014 年 8 月 21 日）

改变命运的里程碑

海 闻

编者按:

　　海闻, 1977年考入北京大学经济系。1982年赴美读书, 成为恢复高考后北大自费留学第一人。2005年至2013年任北京大学副校长。目前任北京大学校务委员会副主任、北京大学汇丰商学院院长。

　　去北大读书前, 我在黑龙江插队9年, 青春献给了北大荒。

　　1969年3月, 我和几十位同学从老家杭州奔赴黑龙江省虎林县。我们都是热血青年, 要去就去最艰苦的地方。而距离虎林县100多公里处就是正在"交火"的珍宝岛, 我们要去屯垦戍边!

　　当时南方已初春新绿, 东北大地仍万里冰封。拖拉机拉着我们三十几个十六七岁的"革命小将", 突突突地驶过结冰的河面, 留下一路欢声笑语。

但理想、激情很快遭遇现实环境的冲击。

拖拉机把我们拉到一个叫红卫公社前卫大队的村子。村民因整个冬天没法洗澡，身上长满了虱子，厚棉衣脏黑得发亮。村子里也没有电，煤油灯冒出的黑烟蹿得老高，第二天起床，鼻孔下两道黑印。

我们很快投入劳动中，自带着玉米饼、大蒜等，要到10里外的地方修水利、造排灌站。零下三四十度，撬开冻土，沟渠的水溅到裤子上，立刻结成冰。冰越结越厚，最后裤腿变得硬邦邦的，走路时吱吱作响；夏天收麦子，秋天收大豆，风干的豆秸像刀片一样锋利，双手去拔，手臂和手掌都是伤口和水疱。

日出而作，日落而息。我们成为真正的农民，学会了抽烟、喝酒，有时喝"北大荒酒"，有时喝"完达山酒"。喝着喝着，有人唱起来，之后开始呜呜大哭。

1969年到1978年，17岁到26岁，我最好的青春时光献给了北大荒。这9年间，我从未停止继续上学的渴望，但"黑五类出身"的身份成为无法逾越的障碍——新中国成立前，爸爸是金陵大学学生，抗战时曾参加中国远征军，1957年又被戴上了"右派"的帽子，在"文革"中不断被关押批斗。我家还有海外关系，舅舅、姨妈都在美国生活。

下乡时，我是领队，读书时学习成绩好，劳动时能挣得最高工分14分。我几次被公社选中去县里、省里参加先进知识分子学习毛主席著作活动，但因家庭关系，还未动身已被否定。

上大学也一样。最初生产队鉴于我的表现推荐上大学，当工农兵学员，但还是卡在了公社。后来公社同意了，又卡在了县里。最后县里同意了，学校政审完家庭关系，还是拒绝录取我。

我早已习惯了身份带来的挫折——小学毕业时，我在班里成绩位列前茅，仍然未考上普通中学，而上了一个民办学校。其实我是考上重点中学杭州一中的，但因政审而被"除名"。

9年间，我目送着一波又一波的知青朋友被推荐去读大学，心中不免委屈和失落。1977年，恢复高考的消息传来时，我特别兴奋——成绩成为重要的录取标准，而不再主要看家庭关系，我终于等到了这样一个机会！

北大是我的第一志愿——之前我因为政治原因读不了大学，这次我有点想争口气，想证明自己能够考上最好的大学！

1977年，我已经在公社中学担任副校长，但仍是拿工分的民办老师。学校的不少知青老师也报名参加高考。为了不耽误工作，我们约定白天正常上课，晚上复习。我去买了一大捆蜡烛，按照制订的计划夜夜挑灯复习。

确定恢复高考到正式高考，只有一个月时间。入学后，我才知道，挑灯夜战几乎是我们所有人共同的高考经历。

在考生们紧张备考的一个月中，我已经进行了"第一轮"高考。

"文革"十年，北大荒知青云集。据说，1977年黑龙江省有近200万人报名参加大中专考试，但全国高校在黑龙江地区仅招生1万人。

11月底，黑龙江省的"第一轮"高考在各个公社举行，最终筛选出5万人参加正式高考。我是这5万人之一。

12月底，正式参加高考。我的考场在县城里的虎林二中。天不亮时我就出发了，路两边茫茫大地上见不到一个村庄。东北的冬天极冷，走进考场时我已冻蒙了，机械地搓着双手，好一会儿才暖和过来。

考完最后一门已是12月25号。走出考场，我听见中央人民广播电台的播报："到今天为止，全国高考正式结束！"我的内心洋溢着平静的自信——北京大学、南京大学、吉林大学、哈尔滨师范、牡丹江师范，这五个志愿中录取一个肯定没问题！

高考后不到一个月，我正在老家杭州过年，收到了公社领导的电报："祝贺你考进北京大学！"全家兴奋极了。谁能想到我们这样家庭背景的孩子可以考上北大？妈妈和祖母高兴得流下了眼泪！

最激动的还是爸爸。看着电报，一向不苟言笑的爸爸突然张开双臂，紧紧抱住我，声音颤抖："祝贺你！"

人生、命运、鲤鱼跳龙门，我当时没有想到这些宏大的词。但直到后来的漫长光阴中，我才慢慢体会到考进北大对于我人生的意义。

（摘自《新京报》2017 年 6 月 15 日，有删节，标题有改动）

到第一家个体餐馆尝一口"改革的味道"

李翀

不久前，几个朋友说要去一个"有故事"的店里吃饭，号称是"中国个体第一家"。我对此饶有兴致。有故事的吃处总比寻常店家更有几分乐趣。

在靠近中国美术馆和华侨大厦的一条小胡同里，除了几个红灯笼下刻着"悦宾，中国个体第一家"的老旧木质匾牌，连一个像样的标识都没有。等到一推开木门，却恍惚从幽深处入了闹市，碗碟作响，茶盏飘香，店里二十余平方米的地方，十来张桌子，坐满了寻味而来的男男女女。

到店坐下，点一个招牌的蒜泥肘子，点几个平价的小菜、几瓶"北冰洋"汽水，就听到有人说起关于这家店的轶事。

据说，这家店的创始人，在一位领导家做过厨师，因为做菜做得好，周边邻居们红白喜事都请她去掌勺，后来她就动起了开餐馆的念头，上工商局"磨"了一个多月，惊动了很多人，历经许多曲折，才开了这家小店。

　　开一个这样规模的餐馆，在现在来说根本算不上什么事儿，但在20世纪80年代，那就是个破天荒的主意。私人开店难，一则虽然已有了改革开放的声响，但对新生的非公有制经济，依然没有明确的政策。二来那是个所有人都还在排队靠粮票领每月一家口粮的年代，开店所需的物件儿、食材都不是轻易能得来的。据说这家店开张那会儿，就是东家借板凳、西家借粮票才勉强撑起了门面。

　　这家三间平房中的一间改成的"悦宾饭馆"，在许多年之后，像凤阳小岗村一样，成为改革开放的标志之一，登上过中外媒体。

　　30多年前，许多外国人都带着好奇的目光打量这个"社会主义国家的个体餐馆"。邻居喻奶奶记得，"以前很多老外到这儿吃饭，那时候我们家穷，吃不起。现在我们都来吃，老外倒少了"。

　　像我这样的90后，对这些很难想象，但总听父母说起"那过去的故事"，所以对这些带着改革开放印记的东西，我总是带有一种好奇。

　　总听我妈说，以前每月到24日，她就要起早排队领粮油票。按着人头算，每月每人四两油，刚够糊一圈锅。妈妈是家里的老大，她和几个舅舅，个个都是长身体的时候，全家挤在从大院隔出的一个小院子里，开饭时，他们盯着冒热气的锅盖，姥姥只担心这顿吃多了往后就得饿着。从街上捡一片白菜叶子，回家就能煮一碗汤。所以那时候"下馆子"是极其奢侈的一件事，对于我妈一家来说，一顿饭菜一二十块钱，就吃了一家人小半个月的口粮。

　　后来，听妈妈说，她大点的时候，吃饭不再用粮票了，家里日子也逐渐宽裕起来，每个月都能吃到一顿肉，逢年过节，家里来了客人，父母还偶尔带他们下馆子。

　　20世纪80年代末，改革开放的政策逐步放宽，洋快餐肯德基进入中国，妈妈说她曾和朋友排着长队，花八块钱吃到一份原味鸡和土豆泥，那感觉就像是吃了一份"瑶池珍馐"。

　　她总说我们现在这些孩子没挨过饿，不知道珍惜。说得多了，我有些烦了，就开玩笑地回一句：其实，我们也经常为吃什么发愁，不过，不是像你们那时候没有东西吃，而是因为选择太多，不知道吃什么好。

的确，作为一个时常跟朋友约饭的吃货，每次看着街上林立的各色美食，天南海北的口味都想尝一尝，常常因为选择不定而犯难，父母辈吃一顿饱足的大米饭都很难的艰辛是我们无法想象的。

对我们来说，吃饱不是问题，吃的东西多了，就琢磨着怎么吃出花样，吃出情调。

从吃本身来说，这家悦宾饭馆并没有什么特别之处，都是些平常的家常菜。但来这里的食客，大多是为了品味时代故事。在这里，可以窥见我们正在经历的改革开放的源头。就这样，一不小心，透过翠花胡同 43 号，我也品尝了一口当年改革开放的"味道"。

(摘自《中国青年报》2017 年 9 月 28 日)

返乡笔记里的美丽新农村

舒圣祥

还记得 2016 年腊月二十四，小年那一天，我和儿子一起开车回安徽老家。

将近七百公里的路程，一个人开车七小时并不觉得疲累，路遇堵车情况也绝对不去跟风走应急车道，满怀道德优越感地慢慢往前挪。大概只有走在归乡路上，才能如此心情舒畅。

在我小的时候，过年期间有持续性的众多活动，家家户户都会参与；后来，除了除夕早上还年、除夕晚送席酒、大年初一早上"出天方"这三样核心活动依然家家必到，其他的都渐渐马虎了；反倒是这些年，我们这批当年的孩子都当了爹做了娘，过年才又渐渐红火热闹了起来。

趁着改革发展的东风，农村人的日子过得越来越红火。父亲供我们读书那会儿，只能面朝黄土背朝天地从土里找钱，而现在周边打零工的机会多了很多。做小工的每天能挣一百多块，而且不再像父亲当年做窑厂、挖屋基时那样常常白干。

　　无论出去打工的，还是在家附近打工的，只要肯干，一年下来都能存下不少钱，多数人家都盖了房子、买了车子。因为荷包越来越鼓，过年活动随之越来越丰富，文化生活越来越多姿。很多传统活动多年未见，如今也日渐复兴。

　　值得一说的是，因为有了75元一个月的养老金，村里的老人们不用再为生活中急需的小钱发愁，这真是善事一件。村里的孩子也不像我们那会儿，他们上学有校车，学校里有营养餐，学杂费也全免了，成绩好的，还有奖学金，虽然不多，但对孩子也是很好的激励。

　　村旁是太怀公路，从太湖县通到怀宁县，修得很宽很平。路旁的市集上，各种车子乱七八糟地停着，买主的轿车和卖主的货车塞得满满当当，摩托车和自行车都被挤到了角落里。前两年过年时，县城总是大堵车，现在县城反而没那么堵了。因为以前要去县城才能买到的东西，现在镇子上就能买到了。我在想，要是常年都有这景象，何愁老家经济搞不起来？

　　不仅村旁的县道越修越好，就连原来扭扭曲曲的村道也都铺上了水泥。村里人的房子越修越好，新楼房围上新院子，很像是城里的别墅。因为有了水泥路，老乡们也越来越注意环境卫生，垃圾桶也有了，这在以前是不敢想象的。

　　"中国要强农业必须强，中国要美农村必须美，中国要富农民必须富。"新农村建设让我的家乡发生了翻天覆地的变化，不仅越来越现代化了，而且依旧"望得见山、看得见水、记得住乡愁"，环境得到了很好的保护，传统得到了很好的传承。

　　最近，村里的大妈大姐们，像城里的一样，迷上了广场舞。她们期盼着：村里要是有个小广场就好了。我想，应该会很快吧。

（摘自中国青年网2017年10月2日）

诗词歌赋里的美丽中国

王 凯

　　刚刚落幕的央视《中国诗词大会》以"赏中华诗词，寻文化基因，品生活之美"为宗旨，让观众重温了中国经典诗词之美和传统文化之美，也让我们的心灵接受了一次美的洗涤。

　　中国是一个诗的国度，秀丽的山川孕育出诗的灵气，勤劳的百姓培育出诗的魂魄。几千年来，历代诗人为我们留下了数不清的美妙诗篇，从《诗经》到《楚辞》，从唐诗到宋词，无数骚人墨客用他们的如椽之笔为后人描绘了一幅幅钟灵毓秀的诗意山河。

山川之美

　　中国诗词中描写名山大川的极多，人们耳熟能详的有杜甫的《望岳》、李白的

《望庐山瀑布》、苏轼的《题西林壁》等等，其中的名句诸如"会当凌绝顶，一览众山小""飞流直下三千尺，疑是银河落九天""不识庐山真面目，只缘身在此山中"等更是妇孺皆知。诗人们在美丽的大地上诗意地行走，为我们留下了无数浪漫的篇章——我常常困惑，为什么在各方面都高度发达的今天，却再也写不出这样美丽的文字？

中国山水诗的开山鼻祖是南北朝时期的谢灵运。这位唯美、浪漫的诗人有着颇为显赫的身世——公元 385 年，谢灵运出生于江南一个豪门世家，父亲是谢玄之子谢瑍，母亲则是著名书法家王献之的外甥女。谢玄是在淝水之战中立下赫赫战功的东晋大将军，而谢玄的叔父还是东晋名相谢安。唐代诗人刘禹锡写过一首《乌衣巷》："朱雀桥边野草花，乌衣巷口夕阳斜。旧时王谢堂前燕，飞入寻常百姓家。"诗中的"王谢"指的就是东晋王导、谢安两大家族，由于当时的禁军身着黑色军服，故禁军驻地俗称"乌衣巷"，王、谢两家都居住于此，其子弟人称"乌衣郎"——今天看来，谢灵运应该是位标准的"乌衣郎"。

谢灵运出身仕宦，衣食无忧，有一种贵族子弟与生俱来的优越感，从不掩饰对华美生活的嗜爱。他会玩，也会写，好繁华，好精舍，好鲜衣，好骏马，好美景，好华灯，纨绔子弟的奢豪之举，有之；文人名士的狷介之气，更有之。公元 422 年，谢灵运被贬到荒远的永嘉担任太守，这位政治抱负落空的世家子弟写下了"将穷山海迹，永绝赏心悟"的诗句，走向山水、回归自我的心迹初露端倪。

永嘉地处浙东南楠溪江畔，风光旖旎，作为一郡太守，谢灵运醉心山水，无为而治，天天游荡于奇山异水间。他的山水基因被这方土地神奇地激活了，在永嘉一年多的时间，是谢灵运山水诗创作的巅峰期，其现存的 40 余首诗歌中，永嘉时期创作的便有 20 多首。

无独有偶，在谢灵运逝去几百年后的唐代，浙东这方神奇的山水又迎来了一个诗歌的春天，"湖月照我影，送我至剡溪。谢公宿处今尚在，渌水荡漾清猿啼。脚著谢公屐，身登青云梯。半壁见海日，空中闻天鸡"，李白在梦中重温了当年谢灵运的足迹。据学人考证，除李白外，在唐代还有王勃、杜甫、王维、温庭筠、杜牧等 400 多位海内知名的大诗人在此徜徉，他们击节高歌，留下了 1500 多首脍炙人口的诗歌，形成了一条史无前例的唐诗之路。

与浙东齐名的另一条唐诗之路是长江三峡。三峡无疑是上天赐给人世间的一件瑰宝，《中国国家地理》执行主编单之蔷在文章中曾经这样写道："就美的密集度和对中国人影响的强烈度而言，三峡是独一无二的。因此，有人说，在中国要找一个最值得一去的地方，那必然是三峡。"

提起三峡，我们能够忆起的第一首诗一定是李白的《早发白帝城》："朝辞白帝彩云间，千里江陵一日还。两岸猿声啼不住，轻舟已过万重山。"公元 759 年春，李白因永王李璘案流放夜郎（今贵州桐梓一带），取道四川赴贬地，行至白帝城忽闻赦书，惊喜交加，随即放舟东下江陵（今湖北荆州）——今读此诗，诗人当时那种喜悦畅快的心情仍旧扑面而来。

三峡是幸运的，上苍不仅将世间绝美的景色集中于此，更将最天才的诗人赐给了这块土地。据单之蔷统计，在《唐诗三百首》中，描写长江的有 54 首，而直接描绘三峡的就有 12 首——想想中国地域之广，300 首唐诗中竟然有 12 首专写三峡，由此可见三峡在中国人心目中的地位。

情感之美

诗词是情感的产物，与其他艺术形式相比，诗词更注重情感的流露。

美学家朱光潜在《谈美》一书中说："诗和散文不同。散文叙事说理，事理是直截了当、一往无余的，所以它忌讳迂回往复，贵能直率流畅。诗遣兴表情，兴与情都是低回往复、缠绵不尽的，所以它忌讳直率，贵有一唱三叹之音，使情溢于辞。"朱光潜还举例说，比如看见一个年轻姑娘，叙事只需说"我看见一位年轻姑娘"；而说理则需说"她年轻所以漂亮"；但如果你一见就爱上了她，就需要一种缠绵不尽的形式来表现。朱光潜以古诗《华山畿》为例，表示应该这样说："奈何许！天下人何限，慊慊只为汝！"

朱光潜的表达非常"迂回往复"，其实说白了很简单，他的意思是诗词最擅长表现人的情感。

想起了那首传唱千古的《钗头凤》。陆游与妻子唐琬被迫分离后各自成家，几年后陆游在沈园与唐琬夫妇相遇。面对青梅竹马的唐琬，陆游感慨怅然，不能自已，题《钗头凤》于壁间，极言离索之痛："红酥手，黄縢酒。满城春色宫墙柳。东风恶，欢情薄。一怀愁绪，几年离索。错，错，错！春如旧，人空瘦。泪痕红浥鲛绡透。桃花落，闲池阁。山盟虽在，锦书难托。莫，莫，莫！"

唐琬读后也依韵和之，情意凄绝："世情薄，人情恶。雨送黄昏花易落。晓风干，泪痕残。欲笺心事，独语斜阑。难，难，难！人成各，今非昨。病魂常似秋千索。角声寒，夜阑珊。怕人寻问，咽泪装欢，瞒，瞒，瞒！"

相爱却不能相聚，陆游"错，错，错""莫，莫，莫"和唐琬"难，难，难""瞒，瞒，瞒"的感叹，既荡气回肠，又有恸不忍言、恸不能言的情致，令人不忍卒读。据说此次相遇不久，唐琬即抑郁而终，而陆游直到晚年还常到沈园游园，其意不言自明。

唐诗中描述相思之情的作品也不在少数，其中以王维的《相思》最为知名："红豆生南国，春来发几枝？愿君多采撷，此物最相思。"今天《相思》已成为男女之间的情诗，红豆也成了爱情的象征，不过这首诗还有一题为《江上赠李龟年》，可见诗中抒发的原本是思念朋友之情，与今天的理解有异。

李龟年是唐玄宗时期著名的宫廷乐工，深得玄宗宠爱，与王维、杜甫等人都非常熟悉，常在岐王李范和秘书监崔涤的府里相会。天宝之乱后，唐王朝从繁荣昌盛的顶峰跌至谷底，陷入了重重矛盾之中，杜甫辗转漂泊到潭州（今湖南长沙一带），"疏布缠枯骨，奔走苦不暖"，晚景极为凄凉。而此时李龟年也流落江南，经常演唱王维的《相思》曲，据《明皇杂录》记载："每逢良辰胜景，（李龟年）为人歌数阕，座中闻之，莫不掩泣罢酒。"这对故交在这种情景下相见，杜甫感慨万端，写下了这首《江南逢李龟年》："岐王宅里寻常见，崔九堂前几度闻。正是江南好风景，落花时节又逢君。"

这一幕与《红楼梦》中"陋室空堂，当年笏满床；衰草枯杨，曾为歌舞场"又是何其相似。

变幻之美

吟咏清明的诗词不胜枚举，但流传最广的当属杜牧的《清明》："清明时节雨纷纷，路上行人欲断魂。借问酒家何处有，牧童遥指杏花村。""小杜"的这一经典之作运用白描手法，为我们勾勒出一幅动人的清明春景图，也为这个传统节日注入了丰富的文化内涵，千余年来深受人们的青睐和喜爱。

后来有人进行二次创作，《清明》摇身一变成了一曲情趣盎然的小令："清明时节雨，纷纷路上行人，欲断魂。借问酒家何处？有牧童，遥指杏花村。"这曲小令如电影的分镜头，几幅画面依次切换，别具一格，味道全新，极富音韵美感。还有人将其改为五言诗和三言诗——"清明雨纷纷，行人欲断魂。酒家何处有，遥指杏花村。""雨纷纷，欲断魂。何处有，杏花村。"如此虽然也别有风味，但读来总让人觉得少了诗的节奏和韵律，缺了原诗那种朗朗上口的神采和情趣。

对《清明》最令人称奇的再创作，是不增减一字就将其改编成人物、地点、背景、表情、动作、对白和情节俱全的史上最短独幕话剧：

（清明时节）

（雨纷纷）

（路上）

行人：（欲断魂）借问酒家何处有？

牧童：（遥指）杏花村！

类似的故事还有很多，相传晚清某书法家为慈禧太后书一纸扇，录唐代诗人王之涣的《凉州词》："黄河远上白云间，一片孤城万仞山。羌笛何须怨杨柳，春风不度玉门关。"不料匆忙之中漏了一个"间"字。慈禧发现后大怒，指为欺君，欲将其问斩。书法家忙说："太后息怒，这不是王之涣的《凉州词》，而是臣据

《凉州词》填的小令。"随即朗声诵道："黄河远上，白云一片，孤城万仞山。羌笛何须怨，杨柳春风，不度玉门关。"慈禧为他的机智所动，不但没杀他，反而重重加赏。巧妙断句，救了这位书法家一命。

这种变幻之美，非潜心把玩是不足以领略其中之妙的，这也正是中国诗词和传统文化的魅力之所在。

（摘自《海南日报》2017 年 2 月 13 日）

古老的皮影戏

庄寄北

皮影戏是中国古老的民间传统艺术。2011 年，中国皮影戏入选人类非物质文化遗产代表作名录。

三尺生绡做戏台，一面布屏，两个世界，台前观众屏息静候，台后皮影人指尖飞舞。几根竹棍，几张皮影，唱念做打，喜怒哀乐，将人间市井的细密与美好表现得惟妙惟肖。——这就是皮影戏。

历代有不少写皮影戏的诗词，袁宏道曾在荆州赋诗："华灯膏烛月玲珑，圣手当场欲绘空。出像楚骚兼尔雅，返魂班巧与斤风。丝规缕析尘三昧，万臂千头小六通。唤醒人间石火梦，无情悲喜片时中。"

皮影戏最早起源于哪里，有各种不同的说法，起源时间也有争论，一般说法是起源于汉朝，据说这和一个感人的爱情故事有关。

《汉书·外戚传》："上思念李夫人不已，方士齐人少翁能致其神。乃夜张灯烛，设帷帐，陈酒肉，而令上居他帐，遥望见好女如李夫人之貌……"相传，汉武帝爱妃李夫人染疾去世，武帝思念不已，神情恍惚，终日不理朝政。方士李少翁一日出门，路遇孩童手拿布娃娃玩耍，影子倒映于地，栩栩如生。李少翁心中一动，用棉帛裁成李夫人影像，涂上色彩，并在手脚处装上木杆。入夜围方帷，张灯烛，恭请皇帝端坐帐中观看。武帝看罢龙颜大悦，从此爱不释手。

皮影戏，旧称"影子戏"或"灯影戏"。表演时，艺人们在白色幕布后面，一边操纵戏曲人物，一边用当地流行的曲调唱述故事，同时配以打击乐和弦乐进行伴奏。在过去还没有电影、电视的年代，皮影戏曾是十分受欢迎的民间娱乐活动之一。

皮影戏从元、明开始大盛，以地方分为不同流派，如四川皮影、陕西皮影、唐山皮影、北京皮影、湖北皮影、云南皮影、东北皮影等，各流派皮影人物造型各有不同，也都有各自的拿手曲目。

从13世纪起，中国皮影艺术相继传入了波斯、阿拉伯、土耳其、暹罗、缅甸、马来群岛、日本等；18世纪中叶开始传入欧洲的英国、法国、德国、意大利、俄罗斯等国，法国传教士还将中国皮影戏带回法国，并在巴黎、马赛等地演出，曾轰动一时，被法国民众称为"中国灯影"。

皮影戏，承载了时代的变迁。而腾冲皮影戏，更是云南的文化精粹之一。

腾冲皮影戏，当地又称"皮人戏""灯影子"，明洪武年间从湖广、四川一带传入，有据可查的历史已有200多年。在电影尚未普及的年代，它就是村民们的"手工电影"。

腾冲皮影也有"大皮影"的俗称，因为每张皮影的高度基本都超过50厘米，大的甚至达80厘米，而陕西、甘肃一带的皮影高度为30—40厘米。

腾冲皮影戏几乎集中了剪纸、窗花、门画、工艺美术、雕刻等所有的中国造型艺术和地方戏、相声、口技等传统表演艺术。

在民国初年至抗战前期，腾冲皮影表演极为兴盛，名噪一时的皮影戏班子最多时有80多个。

　　最初，腾冲皮影戏的唱腔分东腔和西腔两大流派，东腔委婉细腻、音乐舒缓；西腔高亢嘹亮、节奏轻快，并融入了当地方言俗语、民间小调及洞经音律。现如今，东腔已不复存在，只剩下以刘家寨皮影戏班为代表的西腔。

　　腾冲固东镇刘家寨是刘永周的老家，刘永周十三岁便随曾祖父登台表演，如今刘家寨皮影戏班传承到他的孙子刘朝侃时已经是第六代了。

　　从前在村里演皮影戏一演就是三天，现在一场演出大约二十分钟。但即便演出时间大大缩短，台下需要做的功课也一项都不能少。

　　一场皮影戏在正式上演前，通常需要三个月时间来排练，这还不包括选故事、编剧本、制作皮影所花费的时间。"爷爷在那个年代也是十里八乡的明星，许多人慕名前来拜师学艺。只是随着科技进步，大电影让皮影戏渐渐退出了人们的视线。"刘朝侃对此有些惋惜。

　　在刘永周眼里，退出大众生活的皮影戏，已经融进他的血液，不因观众离去而改变，也不因时代变迁而沉寂。

　　在方寸舞台上，皮影上下翻腾，出神入化。而这光影背后，却是七十三岁的刘永周一手拿着二郎神，一手拿着孙悟空，台下观众看到的精彩打斗场面，竟是年过七旬的老人独自操作完成的。

　　随着刘永周皮影馆名气越来越大，很多游客到访后，都想带点皮影回家留作纪念。传统的腾冲皮影大，且不易携带，于是擅长绘画、泥塑的刘安逵，将皮影设计制作成版画的造型，小巧精致。而坚持手工制作皮影，是刘永周皮影馆的规矩。"我们不会做工厂机械化的大批量生产，那样，皮影的文化底蕴就没有了。"刘永周说。

　　在刘永周皮影馆一个个精致皮影的背后，是一个个有着精湛手艺、指头灵活的手艺人在守护着这些即将失传的文化财富。他们是工匠，更是传人。不为功名，只为初心，这便是朴素的匠人风采。

（摘自光明网 2017 年 10 月 24 日，标题有改动）

中医针灸

闻广白

　　谈到中医，不能忽略的便是它的一大分支：针灸。有人说针灸是无稽之谈，甚至主张对中医"废医存药"；也有人说针灸确有其疗效应该大力研究，用现代科学去解释其原理。但不可否认的是，包括针灸在内的中医，在中国存续了两千多年，无数人因它受益，即便在现代，仍然发挥着不可忽视的作用。

　　针灸疗法最早见于战国时代的《黄帝内经》一书。"藏寒生满病，其治宜灸"便是指灸术，其中详细描述了九针的形制，并大量记述了针灸的理论与技术。

　　远古时期，人们偶然被一些尖硬物体如石头、荆棘等，碰撞了身体表面的某个部位，出现意想不到的疼痛被减轻的现象。于是，古人开始有意识地用一些尖利的石块来刺身体的某些部位或人为地刺破身体使之出血，以减轻疼痛。后来，人们已掌握了挖制、磨制技术，能够制作出一些比较精致的、适合于刺入身体以治疗疾病的石器，这种石器就是最古老的医疗工具——砭石。人们就用砭石刺入身体的某一部位治疗疾病。

砭石在当时还更常用于治疗外科化脓性感染，所以又被称为"针石"。《山海经》说"有石如玉，可以为针"，这是关于石针的早期记载。

中国在考古中曾发现过砭石实物。可以说，砭石是后世刀针工具的基础和前身。

灸法产生于火的发现和使用之后。在用火的过程中，人们发现身体某部位的病痛经火的烧灼、烘烤而得以缓解或解除，继而学会用兽皮或树皮包裹烧热的石块、砂土进行局部热熨，逐步发展到以点燃树枝或干草烘烤来治疗疾病。

经过长期的摸索，人们选择了易燃而具有温通经脉作用的艾叶作为灸治的主要材料，于体表局部进行温热刺激，从而使灸法和针刺一样成为防病、治病的重要方法。艾叶具有易于燃烧、气味芳香、资源丰富、易于加工贮藏等特点，因而后来成为最主要的灸治原料。

"砭而刺之"逐渐发展为针法，"热而熨之"逐渐发展为灸法，这就是针灸疗法的前身。

谈到针灸，不得不提的便是一则有关名医扁鹊的故事。司马迁的《史记·扁鹊传》曾记载这样一个故事：扁鹊（周秦之间名医）行医到虢国，恰逢虢国宣布虢太子病死，小城邦里上下都在祈祷。扁鹊来到宫廷门前，向中庶子（太子属官）问明病情后，认为太子耳朵应犹有鸣响，鼻翼应仍有扇动，未死并能救治，随即请人顺着太子两腿往下摸到阴部，尚有体温。扁鹊遂使弟子子阳厉针砥石，刺太子的三阳五会穴，太子竟苏醒过来。

可见，在春秋战国时期，针灸之法已经开始用于抢救危重病人了。

不光是在国内，在国外，针灸的名声也早已传扬了出去。

在中美关系开始缓和后，尼克松总统访华之前的1971年7月，美国记者罗斯顿被派往中国采访，在北京参观了很多单位，包括到中医院参观了针灸治疗。但在访问时，罗斯顿不幸患了急性阑尾炎，在中国医院接受了阑尾切除手术治疗，术中使用的是常规药物麻醉，术后感到腹胀不适，又接受了针灸治疗。之后，他在《纽约时报》上发表了那篇著名的纪实报道《让我告诉你们我在北京的阑尾切除手术》。

当时，周恩来总理请了 11 位在北京的医学权威为他会诊，然后使用了常规的腹部局部麻醉法，注射了利多卡因和苯佐卡因后，为他做了阑尾切除手术。手术没有任何并发症，也没引起恶心和呕吐的现象。可是，术后第二天晚上，罗斯顿却出现腹部似痛非痛的难受感觉。该院针灸科的李医生在征得罗斯顿的同意后，用一种细长的针在他的右外肘和双膝下扎了三针，同时用手捻针来刺激胃肠蠕动以减少腹压和胃胀气。针刺使他的肢体产生阵阵疼痛，但却分散了他的腹部不适的感觉。同时李医生又把两支燃烧着的像雪茄烟的草药艾卷放在他的腹部上方熏烤，并不时地捻动一下他身上的针。这一切不过用了 20 分钟，当时他还在想，用这种方法治疗腹部胀气是否有点太复杂了，但是不到一小时，腹胀感觉明显减轻而且之后再也没有复发。

2006 年，中医针灸被列入第一批国家级非物质文化遗产名录。

据北京长安中西医结合医院中医执业医师中医针灸师范家宁介绍，针灸最基本、最直接的治疗作用就是可使淤阻的经络通畅而发挥其正常的生理作用，同时还可以调和阴阳，使人的机体从阴阳失衡的状态向平衡状态改善，这是针灸治疗最终要达到的目的。

对于中医针灸的未来，范家宁认为：中医学本身就是一门实践性、经验性很强的学科。中医针灸历经千年传承至今，不仅是一种保健和治病的实践技术，而且已成为我国具有世界影响的文化标志之一。

如今，面对现代医学的冲击，中医针灸如何在安全性、有效性、实用性的基础上实现科学表达、客观评价和规范操作，以保持其特殊性和多样化，是摆在所有中医针灸师面前的首要任务。

（摘自光明网 2017 年 11 月 28 日）

蓝印花布

刘丽华

蓝印花布，是江南民间的一个文化符号。其素雅高洁如兰花，清冷婉约如宋词。

电视剧《似水年华》里，服装设计师英小姐一爬上晒布场，就被乌镇蓝印花布的气势给镇住了：一架架从云天泻下的蓝底白花、白底蓝花窄幅布，如经幡飘舞，她左穿右梭，是惊喜，是陶醉，是仰慕……那场景，我们仿佛看到了蓝印花布的前世今生。

蓝印花布是天之蓝，却带着地气。抚摸蓝印花布的纹脉，就能号到植物的气脉。它的坯布来自一团棉花，染料又是草，"凡蓝五种，皆可为靛"，这些草从地里破土抽芽，名字里都有一个蓝天的蓝——蓼蓝、菘蓝、木蓝、马蓝、苋蓝。所以，蓝印花布是染天色、接地气。蓝草的根现称板蓝根。《诗经》里"终朝采蓝，不盈一襜"，其采的就是蓝草；荀子曾有"青，取之于蓝而青于蓝"的感慨。可见，春秋战国时期就有了蓝染。

蓝印花布是块"祖母布"。它是祖母、外祖母、曾祖母、太祖母们的"老布衣裳"，她们的被褥、帐幔、台布、包袱都是青蓝的底子，撒上一把白色古钱，或开满梅枝，或落满喜鹊，或榴开百子……那时，花担匠挑着担子上门印花，姑娘出嫁时要带上母亲用靛蓝布条做的饭单，和有凤戏牡丹、龙凤呈祥图案的蓝印花布压箱去夫家，甚至有纺车、织机陪嫁。

蓝印花布兴盛于唐宋，可它不是唐丝宋锦，它比丝绸粗犷，没有丝绸娇贵。蓝印花布的美，就在于它灰染夹染，扎染蜡染，肌理裂纹，有粗有细，似断非断，是一种非人工的自然冰纹；在于它花色蓝得内敛，白得明快，蓝白绝配，简约雅致，犹如一尊青花瓷，让几多桃红柳绿顿时失色。

蓝印花布俗称"老蓝花布"，可它容颜不老。民谣里唱："我有一棵草，染衣蓝如宝，穿得花花烂，颜色依然好。"蓝印花布还真是越旧越美，越洗越雅。我们去麻石街采风时，有女子着一袭似裙似袍的蓝印花布，原生态的土布，添了现代元素提花，女子撑一柄油纸伞，袅袅婷婷，踩着石板缓行，身后一弄窄长胡同，整个人与古街沧桑的背景融为一体，浑然天成。一问，才知她旧布翻新，翻的是学生时代的一条床单。原来，老布新穿，可以如此文雅。要知道，线条硬朗的女人，一遇上这块老蓝花布，人就柔润了。风风火火的邻家女孩，只要穿上那条蓝花朵朵的裙子，人就平添了几许温婉。

蓝印花布并未老去。中式茶楼里，一条条南竹茶席，以蓝印花布嵌块镶边，杯垫也用其绲边，端茶续水的姑娘，也是蓝底白花的衣衫头饰，一派古朴幽雅，焕发出中国民间的容光。置身其中，你茶还未品，就已感受到茶道文化的悠远绵长……

蓝印花布是国家级非物质文化遗产。一幅蓼蓝染色的《清明上河图》挂轴，会让所有对蓝印花布漠然的人为之震撼，刹那明白：蓝印花布还能如此厚重、恢宏。

试想，从一朵棉花，到一丈坯布；从一株蓝草，到一缸靛蓝；从一个纹样，到一块花版；从刷浆、揭版、浆布，到染色、刮白、漂洗、晾晒……一匹蓝印花布的完成，又蕴藏着多少手艺人的心血？

（摘自《人民日报》2017 年 11 月 20 日）

彰显中华文化的格局与气度（上）

陈家兴

一

"黄河落天走东海，万里写入胸怀间。"那些影响和改变历史的事件，大多内蕴这样的脉络：有什么样的文化格局与气度，就会导致什么样的历史走向。

2000多年前，汉武帝偶然得知西域有个月氏国亦想反击匈奴，"因欲通使"，郎官张骞即应募。然而，张骞历尽艰辛十余载未能如愿，却带回些奇特的见闻，汉武帝也已不再抱守夹击匈奴的初见，而是对西域诸国生出"以义属之""威德遍于四海"的雄心。他先是让张骞派出四路使者以打开联络身毒国（古印度）的西南通道，后又"拜骞为中郎将"再次出使西域。

在今天一些人看来，汉武帝的开放心胸乃是为了怀柔远人，属于"天下中心观"支配下国力强盛时的典型反应，然其时又并未以"夷狄"而是以"外国"来称谓和对待陌生的国度，显然包含的是中华文化平等交往的态度。

由此，东方通往西方的道路开通，丝绸之路开辟，东西方文化交流开始在世界文明史上蔚为大观。在这一过程中，中华文化的"走出去"与"引进来"相辅相成，德化天下与兼容并包相映生辉，彰显其开放包容的格局气度。

梁漱溟《中国文化要义》中有过这样的概括：中华文化放射于四周之影响，既远且大。北至西伯利亚，南迄南洋群岛，东及朝鲜、日本，西达葱岭以西，皆在其文化影响圈内；更远如欧洲，溯其近代文明之由来，亦受中国之甚大影响……十七八世纪之所谓启蒙时代理性时代者，亦实得力于中国思想（比如儒家）之启发，以为其精神来源。

中华文化"海纳百川，有容乃大"，非有对本民族文化的充足自信，则不可能有如此的包容力。柏杨《中国人史纲》写道："在唐朝，中国当时被各国崇拜的程度，远超过其他两大超级强国，因为东罗马帝国和阿拉伯帝国对宗教是排斥的，只有中国对各种宗教兼容并包。"

然而，面对外来文化，中华文化却不是囫囵吞枣地接受，而是有一个吸收、消化、融合、创造的过程。中华文化融合力的一个重要方面，就体现在外来文化的中国化。这种中国化，离不开外来文化本身的开放度，但更重要的是，中华文化本身具有开放包容的大格局，更有融合创造的大智慧。

二

近代学者马君武在分析东西方文明异同时认为："欧洲者，因袭文明之国也，故其国民能受文明，且重积之。亚洲则创造文明之国也，已有文明，常不愿复受自他来之文明。"

的确，与欧洲文明一开始就在交融"因袭"中发展不同，我们的先人在相对独立、相对隔绝的"天下"域内，独自形成了以中原为中心的世界秩序的构想，而中国更成为一个文化共同体。

在先秦时期漫长的岁月里，诸子百家相互交流争鸣，文化殊为繁荣，成为中华文化养成海纳百川、兼收并蓄禀赋的活水源头。可以说，中华文化已成一个独立体系，具备自我发展、自我完善、自我革新、自我提高的能力，其海纳百川的开放包容胸襟，兼收并蓄的融合创造智慧，实为中华文化纵贯古今的血脉基因。

然而，这种"天下中心观"也容易生出一种"自大封闭"心态，不思进取，唯我独尊。"尽管中国古代对人类科技发展做出了很多重要贡献，但为什么科学和工业革命没有在近代的中国发生？"对这一著名的"李约瑟难题"，从文化的包容性上看，自大封闭无疑是其中的一个重要原因。

自秦一统天下之后，中华文化发展便开始在"开放包容"与"自大封闭"间循环往复：开放包容，百家争鸣，最终带来新王朝的崛起与兴盛；而王朝在兴盛中便容易堕入唯我独尊的泥淖，在自大自负中封闭，最终走向暗弱；而在自大封闭中，开放包容的因子又再次孕育、萌芽、突破，终引时代变革之先声。

1975年，毛泽东同志有过一段很深刻的谈话：汉武帝罢黜百家，独尊儒术，结果汉代只有僵化的经学，思想界死气沉沉。武帝以后，汉代有几个大军事家、大政治家、大思想家？到东汉末年，儒家独尊的统治局面被打破了，建安、三国，出了多少军事家、政治家啊！连苏轼自己在他的《念奴娇·赤壁怀古》中也说："江山如画，一时多少豪杰！"

<h2 style="text-align:center">三</h2>

历史一再警示：开放包容则兴，自大封闭则衰。一旦自我封闭，中华文化就容易内失于思想禁锢，外失于交流互鉴，最终落伍于世界大势，难以挺立于时代潮头。

从16世纪开始，东西方文明开始呈现不同走向。在西方，欧洲文艺复兴进入高峰，工业革命在17世纪后即席卷欧洲。

而一直领先于世界的中华文明，因其自大封闭，既不能指引中华民族的前进方向，又不能因应西方文化的剧烈冲击，中华民族最终陷入悲惨沉沦之地。从1840 年到 1949 年，中国与外国侵略者签订的不平等条约、协定、章程、合同有1000 多个。这样的"世界纪录"背后，是一个古老民族深重的生存危机。

于中华文化而言，压力越大，反作用力越大，其内蕴深厚的创造力与融合力也由此激发出来。事实上，当鸦片战争打破"天朝上国"的自大迷梦，一代代志士仁人就开始了文化觉醒。

在一定意义上说，思想解放正是中华文明绝处逢生的重大机缘，是打开在自大中封闭、在自卑中彷徨这一心锁的关键钥匙。尽管这是一个极为艰难痛苦的过程，但是在欧风美雨的激荡中，辛亥革命在中华大地上掀起了一场空前的思想启蒙运动，极大地促进了思想观念的现代化。思想的闸门一旦打开，各种观念如洪水般奔流。

在各种主义和思潮的比较中，中国人民最终选择了马克思主义。

日本学者石川祯浩这样写道："五四时期，各种西方近代思想洪水般地被介绍进中国，其中，马克思主义将其综合体系的特点发挥到了极致。在这个意义上，马克思主义对于能理解它的人来说意味着得到了'全能的智慧'，而对于信奉它的人来讲，则等于找到了'根本性的指针'。"

如果说马克思主义等思想在中国的传播，展示的是中华文化开放包容的胸襟；那么，马克思主义中国化，则展示出中华文化的融合创造力。

在艰苦卓绝的斗争中，教条主义者把共产国际和苏联经验神圣化，使中国革命遭受严重挫折，几乎陷入绝境。1935 年遵义会议召开，确立了毛泽东同志在全党的实际领导地位，也标志着中国共产党在政治上走向成熟，"山沟沟里的马克思主义"登上了中华文明的历史舞台。

1938 年，毛泽东同志在中共六届六中全会所作的《论新阶段》政治报告中，首次提出"马克思主义中国化"的命题，强调："离开中国的特点来谈马克思主义只是抽象的、空洞的马克思主义。"他在《新民主主义论》中还作了形象的比喻："中国应该大量吸收外国的进步文化，作为自己文化食粮的原料……但是一切外国的东西，如同我们对于食物一样，必须经过自己的口腔咀嚼和胃肠运动，送进唾液、胃液、肠液，把它分解为精华和糟粕两部分，然后排泄其糟粕，吸收其精华，才能对我们的身体有益，决不能生吞活剥地、毫无批判地吸收。"

当马克思主义基本原理与中国具体实际相结合、与优秀的中华文化相交融，就迸发出了真理的深邃光芒，绽放出了文明的时代花朵。于是有了《实践论》《矛盾论》对中国革命实践认识的廓清，有了《论持久战》对中国抗日战争前景的前瞻，有了《新民主主义论》对"中国向何处去"的回答，更走出了农村包围城市的中国革命道路。中国共产党人深刻回答了什么是社会主义、怎样建设社会主义，建设什么样的党、怎样建设党，什么是发展、怎样发展等一系列重大时代课题，成功开辟出一条迥异于西方国家的现代化路径，迎来民族复兴的光明前景。

伴随着这一历史进程，中国共产党坚持开扬新道、不废古流，传承了优秀的中华文化，创造了民族的、科学的、大众的新文化，涵养化育了一代代中国人。

（摘自《人民日报》2017 年 9 月 22 日）

彰显中华文化的格局与气度（下）

陈家兴

四

如果说 1840 年的鸦片战争使中华文明开始破除封闭性，是一种被动的应急反应；那么，1949 年新中国的缔造、1978 年改革开放大幕的开启，则是中华文明重启开放性的一种主动作为。这种被动向主动的转化，关键在于中国共产党作为一种政治和文化力量登上了历史舞台。中国共产党的诞生，成为"开天辟地的大事变"，一路拨云见日，指引着中华民族的前进方向。

在中共七届二中全会上，毛泽东同志郑重宣示："我们不但善于破坏一个旧世界，我们还将善于建设一个新世界。"这一破一立，不仅是一个新生政权面对中国秩序与世界方位的豪情壮志，亦显示浴火重生的中华文明面向世界、面向未来的胸襟气度。

正是以这样的文化格局与气度，中国共产党用 28 年时间彻底改变了 1840 年以来的中华民族的命运，完成了救亡图存的百年命题，开启了社会主义革命和建设，进行了中华民族有史以来的最广泛而深刻的社会变革。

正是以这样的文化格局与气度，中国共产党在历史新时期，以"不改革开放，中国总有一天会被开除球籍"的深沉忧患意识，主动开启新的伟大变革。改革开放这一当代中国的基本国策，使中华文化开始制度性地以开放包容的姿态，主动拥抱世界，主动迎接外来文化的挑战，主动对接外来文明秩序。正如邓小平同志所言："我们要赶上时代，这是改革要达到的目的。"

改革开放的实践表明，这一决定当代中国命运的关键抉择，把一个经济一度濒于崩溃边缘的国度送上了世界第二大经济体的位置，把中国特色社会主义明确为一面旗帜、开辟为一条道路、形成为一个理论体系、确立为一项制度，用几十年的时间走完了西方发达国家上百年的路，使我们比历史上任何时期都更接近中华民族伟大复兴的目标。

当历史的洪流把共产党推上中国的舞台，中国共产党就勇敢地担当起了自己的文化使命，更为中华文化注入了先进的思想内涵——马克思主义，使之内化为中华文化的新基因，创造了中国理论、中国道路、中国制度等新的文化形态，推动中国创造了发展进步的奇迹。正如习近平总书记所指出的："让中华文明在现代化进程中焕发出新的蓬勃生机""使中华民族焕发出新的蓬勃生机"。

历史深刻揭示，扭转中国历史乾坤的根本政治力量正是中国共产党，根本文化力量正是中国化的马克思主义。

五

"世界旋转的轴心正在转移，移回到那个让它旋转千年的初始之地——丝绸之路。"英国历史学家彼得·弗兰科潘这样写道。

2017 年孟夏，来自 100 多个国家的各界嘉宾齐聚北京，共商"一带一路"建设合作大计。这一刻，让人怀想古丝绸之路"使者相望于道，商旅不绝于途"的盛况与"舶交海中，不知其数"的繁华，令人生今夕何夕之慨。

"一带一路"这一独创性的"中国方案"，正成为世界多国共商共建共享共赢的世纪工程。这一中国智慧的结晶，正是以开放包容型文化为基础，彰显的正是中华文化的开放包容精神。在世界经济增长乏力、金融危机阴云不散、发展鸿沟日益突出等境况下，中国为全球治理提出的"中国方案"又何止"一带一路"？

今日之世界，彰显中华文化开放包容精神的中国方案、中国理念、中国智慧，赢得更多认同。今日之中国，中华文化的开放包容性，亦贯注在国家发展、民族进步之中。比如"一国两制"，即是着眼于国家和平统一而开启的伟大创造，体现的是中华文化的开放包容胸襟。而社会主义与市场经济相结合、政府与市场相配合，即是中华文化对西方文化在消化吸收基础之上的创造，折射的是中华文化的融合创造力。

"茫茫九派流中国，沉沉一线穿南北。"纵观中华文明发展史，正是内蕴深厚的开放性与包容性，正是智慧卓越的创造力与融合力，使中华文明一次次经受冲击挑战，更一次次化危为机、化险为夷、化异为同，焕发出蓬勃生机，化合出今日中国的泱泱局面来。

2016 年，在庆祝中国共产党成立 95 周年大会上，习近平总书记豪迈宣示："当今世界，要说哪个政党、哪个国家、哪个民族能够自信的话，那中国共产党、中华人民共和国、中华民族是最有理由自信的。"

这个自信，归根到底源于文化自信，源于中华文化所内蕴的开放性与包容性，所饱含的创造力与融合力。

今天，我们坚定文化自信，就是吸吮深厚的中华文化养分，秉持开放包容的胸襟气度，发扬卓越的创造与融合智慧，永不僵化、永不停滞，在实现梦想的道路上不忘初心、继续前进。

（摘自《人民日报》2017 年 9 月 22 日）

我所经历的三次工业革命（上）

张维迎

人类过去 250 年的经济增长，是三次工业革命的结果。第一次工业革命大约从 18 世纪 60 年代开始持续到 1840 年，其标志是蒸汽动力的发明、纺织业的机械化和冶金工业的变革；第二次工业革命大约从 19 世纪 60 年代开始持续至第二次世界大战之前，其标志是电力和内燃机的发明和应用，还有石油化学工业、家用电器等新产业的出现；第三次工业革命大约从 20 世纪 50 年代开始直到现在，其标志是计算机的发明、信息化和通信产业的变革。作为中国人，我有缘享受"后发优势"，用短短的 40 年经历了三次工业革命，走过了西方世界十代人走过的路！

我的第一次工业革命

1959 年秋，我出生在陕北黄土高原一个偏远的小山村。在我出生的时候，当地人的生活方式和生产方式几乎没有受到第一次和第二次工业革命的影响。我出生的窑洞是什么时候修建的，我父亲不知道，他的父亲也不知道。

在人类漫长的历史中，生活就是衣食住行、柴米油盐，生产就是春种秋收、男耕女织。在我年幼的时候，我穿的衣服和鞋都是母亲手工纺线、手工织布、手工缝制完成的。我至今仍然能回想起睡梦中听到的纺车发出的嗡嗡声和织布机发出的吱咔声。

母亲缝制的衣服都是老式的，所以我小时候穿的裤子前面没有开口拉链。偶然会发生尴尬的事情，就是尿急时裤带打成了死结解不开，就只能尿在裤子里了。每每想起此事，总会让我觉得美国人威特康·L.朱迪森和瑞典人吉迪昂·森贝克在100 多年前发明的拉链，真是了不起。

美国人艾萨克·辛格早在 1851 年就发明了缝纫机并很快投入商业化生产，但我小的时候，缝纫机在我们那里仍然非常罕见。在我十来岁时，村里的一位复员军人带回一位山东媳妇，按母亲一方的亲戚关系，我叫她嫂子。这位嫂子心灵手巧，会用缝纫机做衣服，我穿的第一件"制服"就是她做的。

上大学之后，我就不再穿母亲用土布缝制的衣服了。后来，家里的纺车和脚踏织布机也被当作柴火烧了。

过去，父亲和他四舅及另一个人合伙买了一台梳棉机，存放在离我们村 25 华里的镇上，逢集的时候就提前一天去镇上弹棉花。梳棉机的效率比梳棉弓的要高好多，每次干两天活，每人可以赚到三四块钱，这在当时算一笔不小的收入。

1979 年，村里搞起了"包产到户"。父亲把那台梳棉机从镇上搬回家，以为又可以弹棉花赚钱了。但父亲的预测完全错了。没过多久，村里人都开始买机织布了，连棉花都没有人种了，他的那点小手艺也就废了。

改革开放后，父亲的另一项手艺也废了。我小时候冬天穿的袜子，都是父亲自己捻毛线、自己编织而成。父亲捻毛线用的捻锤，是新石器时代的发明。我上大学后，就不再穿父亲织的袜子了，他也就不再编织了。

第一次工业革命的另一项重要进步发生在冶金工业。进入钢铁时代，也是中国的梦想。在我出生的前一年，中国搞起了全民大炼钢铁运动。我在农村时，钢还只能用在刀刃上，全村没有一把全钢制的斧头、镰刀、菜刀。不要说钢，铁也很稀缺，最值钱的就是做饭用的锅，所以"砸锅卖铁"就成为人们陷入绝境的隐喻。

但改革开放后，随着现代化冶炼技术的引进，中国终于进入钢的时代。1996年，中国取代日本成为世界第一大钢铁生产国。现在再回到农村，发现犁、耙子、扇车都已经变成钢制的了，木制工具已成为古董。

煤炭在工业革命中发挥了重要作用，不仅炼铁需要大量的煤，蒸汽机也要烧大量的煤。我的老家榆林市现在已成为中国的煤都，其产量占到全国的十分之一。但在我小的时候，村民做饭、取暖用的燃料主要是柴草、树梢和秸秆。

在漫长的历史中，人类生产和生活需要的动力主要是人自身和大型动物的肌肉，这一点直到蒸汽机出现之后才得到根本性改变。但蒸汽机发明200年之后，我在农村的时候，动力仍然是人力和畜力。农村人看一个人是不是好劳力，主要看他肩能扛多重、背上能背多少斤。我们村没有马，因为马太贵，饲养起来也麻烦，仅有的几头驴，是生产队最珍贵的生产工具，耕地、驮碳、拉磨、娶亲，都靠它们。如果一头驴死了，就是生产队最大的损失。

我小的时候不爱干家务活。当时农村磨面用的是石磨，碾米和脱壳用的是石碾。逢年过节或有红白喜事的时候，由于需要碾磨的量大，通常使用畜力驱动石碾和石磨；但平时小量的碾磨，只能使用人力。母亲要我帮她碾米推磨时，我总有些不情愿，围着碾盘或磨盘转圈圈让人觉得枯燥无味。

我老家的石磨和石碾从来没有被蒸汽机推动过，但在我离开家乡30年后，石磨和石碾基本上都被废弃了。村民们跨越了蒸汽机时代，直接进入内燃机和电动机时代，这或许就是人们说的"弯道超车"吧！

我的第二次工业革命

第一次工业革命主要发生在纺织和冶金这两个传统部门，第二次工业革命则创造了许多新的产业。第一次工业革命用蒸汽机动力代替了人力和畜力，第二次工业革命则用内燃机和电动机代替了蒸汽机。但直到我上初中之前，我们村里还没有内燃机，更没有电动机。

在黄土高原，能种庄稼的地都是些沟沟峁峁的山地，祖祖辈辈都是靠天吃饭。但不知从什么时候起，村民们还是用石头在沟里垒起了一些水地。水地在当地被称为"园子"，只有少数园子可以引水灌溉，大部分只能靠人工浇灌。零散的小块园子靠挑水浇灌，稍大块的园子则使用一种叫"桔槔"的装置提水浇灌。桔槔是这样一个装置：在一个架空的横木中间垂直钩一个长木杠，长木杠的一端固定一块很重的石头，另一端用一个活动连杆挂着一个柳编水桶。提水的时候，操作者站在石墙半空突出来的台阶上，用力将连杠向下拉，等水桶到达下面的水池灌满水后，再将手松开，靠着长木杠另一端石头的重力，水桶被提到适当的高度时，操作者将桶里的水倒入引水沟。如此往复不断，就可以灌溉大片的园子。

大约在我上初中的时候，村里有了一台6马力的柴油机。柴油机配上一个水泵，就可以把沟里的水抽到园子里，轰动了全村人。只是这台柴油机老出问题，并没有立马替代桔槔。

后来公社又给我们村奖励了一台12马力的手扶拖拉机。手扶拖拉机马力不大，但又好像无所不能，农忙时耕地、脱粒、抽水，农闲时带动磨面机磨面，或者跑运输。

内燃机的最大影响发生在交通运输业。1930年，汽车已进入60%的美国家庭，美国由此成为"骑在轮子上的国家"。

但我小的时候，方圆几十里内见过汽车的人屈指可数，全村没有一辆自行车，人们出行的方式仍然是步行。让我既兴奋又恐惧的是：每年正月初二跟随父亲去探望改嫁远村的奶奶，虽然路程不过50华里，但好像有翻不完的山峁、走不完的沟壑，早晨出发傍晚才能到达。

我到北京工作之后，每次回家探亲，县政府总会派车把我送到村里，走时又派车把我接到县城。据说这是对在外地工作的县团级官员的待遇，我虽然不是县团级干部，但他们觉得我有点名气，又在中央机关工作，所以就视同县团级对待。我自己也欣然接受这种安排，因为从县城到我们村80华里路程，没有班车，找顺风车也不方便。

在牛津读博士期间，我花了1000英镑买了一辆福特二手车，从此有了自己的小轿车。回国后，我又用免税指标买了一辆大众捷达车。记得直到1999年，光华管理学院大楼前平时还只孤零零地停着我的一辆车，没想到几年之后，大楼前已是车满为患了。

更让我们没有想到的是，现在每次回老家，村里总停着几辆车，汽车在农村也已不再是稀罕物了，一个远房的堂弟还买了辆中巴跑班车，仍然住在村里的年轻人大多有摩托车。

据统计数据，中国城市人口中每百户拥有的家用汽车在1999年只有0.34辆，2015年则达到30辆。虽然普及率还不及美国1930年全国水平的一半，但在汽车发明130年后，大部分中国城市居民总算享受到了这个第二次工业革命的重要创新！

电力，是第二次工业革命的另一项重要创新。从出生到去县城上高中之前，我没有见过电灯，村里人照明用的都是煤油灯或麻油灯，有些家道贫困的人家连煤油灯也用不起，一到晚上就黑灯瞎火。有个流传的笑话说，一位客人在主人家吃晚饭，主人舍不得点灯，客人不高兴，就在主人家小孩的屁股上狠狠拧了一下，小孩顿时号啕大哭，客人说，快把灯点着，孩子看不见，把饭吃到鼻子里了。

父母鼓励我读书，说愿意为我多费二斤油钱。确实，村里好多人家就是因为怕花油钱，不让孩子晚上看书。为了省油，煤油灯的灯芯都很小，我晚上在灯下看书的时候，头必须尽量靠近灯光，有时候打瞌睡，第二天上学的时候，头上就顶着一缕烧焦的头发，被同学们取笑。当时全村最亮的灯在生产大队的公用窑，是带玻璃罩的罩子灯，比小煤油灯费油好几倍。

到县城上高中时，我第一次见到了电灯，不仅宿舍里有白炽灯，教室里还有日光灯。但电压总是不稳，时明时暗，还经常断电，罩子灯仍然是宿舍的必备。

1993年我在牛津读书期间，暑期回老家看望父母，听说两公里外的村子已经拉上电了，我们村因为县上没人说话就没有拉上。知道我认识县委书记，村民们专门到我家，希望我给县委书记说说，给我们村也拉电。我说了，但不管用。想到村里人对我的期待，这事成了我的一块心病。几个朋友愿意帮忙，一共筹集了4万多块钱，1995年，我们村终于通电了！

通了电，村民的生活就完全不一样了。电不仅能照明，而且能带动家用电器和其他机械。从21世纪第一个十年开始，不少人家相继买了电视机。电冰箱、洗衣机、电风扇、电熨斗、空调等家用电器，这些第二次工业革命时期的重要发明，虽然在那里的农村没有很大的实用价值，但还是有个别人家买了。村里也有了由电动机驱动的磨面机、碾米机、脱粒机、电锯。更重要的是，有了电动机，家家户户都可以用上自制的自来水系统，就是在比窑洞高的地方修一个封闭的蓄水池，把井水抽到蓄水池中，水管连接到屋里，水龙头一打开，水就自动流出来了。我在农村的时候，每天早晚去水井挑水是一件很愁人的事，现在再没有人为挑水发愁了。

（摘自《经济观察报》2018年1月8日，有删节）

我所经历的三次工业革命（下）

张维迎

我的第三次工业革命

1978 年 4 月，我离开老家去西安上大学，从县城搭长途汽车到山西介休，再乘火车到西安。这是我第一次坐火车，也是第一次见到火车。火车是英国企业家斯蒂文森父子 1825 年发明的，至 1910 年美国已修建了近 40 万公里的铁路。

我上大学这一年距离第一台大型数字计算机的发明已有 32 年，微型计算机产业正处于顶峰，比尔·盖茨和保罗·艾伦的微软公司已经成立 4 年，斯蒂芬·乔布斯和斯蒂芬·沃茨尼亚克的苹果 II 个人计算机也已经上市两年了。但直到进入大学后，我才第一次听说计算机这个名词。一开始，我以为计算机就是用于加减乘除运算的，可以替代我当生产队会计时使用的算盘。但后来我就知道自己错了，计算机将替代的远不止算盘。

经济系一年级的课程有一门"计算机原理",记得第一次上课的时候,看到硕大无比的计算机感到很新奇。后来知道,1946年宾夕法尼亚大学研发的第一台计算机 ENIAC 重达30吨,长30.48米,高2.4米,占地面积相当于一间大教室。我们还学过二进位制、打孔卡原理和 BASIC 语言。但除了拿到考试成绩,整个本科四年和研究生三年期间,计算机对我的学习和生活没有发生任何影响。

1985年,我开始在北京工作。我所在的研究所买了两台电脑,但放在机房,神神秘秘,由专人看管,只有搞经济预测的人才可以使用。单位还有一台四通电子打字机,由打字员操作。与手写复写纸、蜡纸刻字印刷以及传统打字机相比,电子打字机最大的好处是可以储存文本、反复修改。复写纸是在19世纪初英国人雷夫·韦奇伍德发明的,蜡纸刻字印刷是爱迪生于1886年发明的,我在高中时和高中毕业返乡务农时都用过。英文打字机是克里斯托弗·肖尔斯等几个美国人于1868年发明的;中文打字机是山东留美学生祁暄于1915年发明的,我上高中时我们学校有一台。

我第一次使用计算机是1988年在牛津读书的时候。我把自己手写的两篇英文文章拿到学院计算机房输入计算机,然后用激光打印机在 A4 纸上打印出来。激光打印出来的字体真是漂亮,像印刷出版的书一样,让人无比兴奋。

1990年9月,我回到牛津攻读博士学位时,买了一台286个人电脑,从此就告别了手写论文的时代。1994年回国时,我还把这台电脑托运回北京。但个人电脑技术的发展是如此之快,很快出现了486电脑,这台旧电脑的托运费也白交了。后来又有了桌面激光打印机,这样我就有了自己的桌面出版系统。之后还换过多少台电脑(包括笔记本电脑),自己也记不清楚了。

对大部分人而言,一台孤立的电脑不过是一个文字处理机,我当初买个人电脑的目的就是为了写论文方便。但多台计算机连接成一个网络,用处就大了。1969年,第一代互联网——阿帕网诞生了。1971年,阿帕网的第一个热门应用——电子邮件诞生了。1992年后,我自己也开始用电子邮件了,但当时国内的人还无法使用电子邮件。1993年在筹办中国经济研究中心时,我们向北京大学校领导提的一个要求就是,给我们通电子邮箱。这个愿望被满足了。但没过多久,北大所有的教员都可以使用电子邮箱了。几年之后，中国就进入互联网时代了。

记得 1993 年 12 月我儿子在牛津出生的消息，我还是先通过国际长途电话告诉国内亲戚，然后再由这位亲戚发电报告诉老家父母的。我在农村的时候，生产大队的公窑里有一部手摇电话，一根电话线串着好几个村，通话时必须大喊大叫才行；往不同线路的电话需要人工交换机转接，全公社只有一个交换机，接线员是很让人羡慕的工作。

上大学之前，我没有见过转盘拨号电话，更没有见过按键拨号电话，因为连县长办公室的电话都是手摇的。我第一次使用转盘拨号电话是 1982 年上研究生期间，在校门口的一个公用电话前，还是过路的一位老师教我怎么拨号的。在牛津读书期间，偶尔给国内家人打一次长途电话，心跳得比电话上显示的英镑数字蹦得还快。当时国际长途电话费很贵，从牛津到北京，每分钟的费用在 3 英镑以上。

我第一次安装家用电话是留学回国后的 1994 年，也就是贝尔发明电话 118 年后。当时安装电话要先申请，缴纳 5000 元的初装费后，再排队等候。后来初装费取消了，但我早已缴过了。1999 年，我开始使用移动电话，家里的固定电话就很少用了。

但很长时间里，我还是没有办法和老家的父母通电话，直到老家农村也可以安装电话为止。我最后一次收到姐姐写的家信是 2000 年。

2006 年之后，老家农村也有移动电话信号了。我给父母买了一部手机，母亲高兴得不得了，可惜她的信息时代来得太迟了。2008 年母亲下葬的时候，我把她心爱的手机放在她身边，希望她在九泉之下也能听到儿子的声音。

自从用上智能手机，短期出差我不再带笔记本电脑，也不带相机。有了智能手机，我与父亲不仅可以通话，还可以用微信视频聊天。父亲现在住在榆林城里，春节时能与村里的乡亲们手机拜年，他很开心。

2017 年 8 月，我带几位朋友去了一趟我们村。朋友们有心，给村里每户人家带了一条烟、一瓶酒。我正发愁如何通知大家来领，村主任告诉我，他可以在微信群里通知一下。傍晚时分，乡亲们果真都来了，烟和酒一件不剩，全领走了。回想起我在农村时，村支书需要用铁皮卷成的喇叭筒大喊大叫很久，才能把全村人召集在一起，真是今非昔比！

结束语

我祖父于 1943 年去世，当时只有 30 岁，父亲刚刚 12 岁。祖父出生的时候（1913 年），第二次工业革命的绝大部分新技术和新产品都已发明出来并商业化，他去世的时候，西方发达国家已经进入第二次工业革命的尾声，但他连第一次工业革命都没有经历。他短暂的一生中，吃的、穿的、用的与他的祖父时代没有什么区别。

父亲比祖父幸运，他和我一起经历了三次工业革命。他下半辈子吃的、穿的、用的与祖父在世时大不相同，也与他自己的上半辈子有很大不同。他坐过火车、飞机、汽车，在我写这篇文章时，也许正在看着电视、用着手机。

我比父亲更幸运，因为每次工业革命我都比他早几年经历。我坐火车比他早，坐飞机比他早，坐汽车比他早，看电视比他早，用手机比他早。我还会上网购物，他不会。

我是托中国改革开放的福。正是改革开放，使得像我这样的普通中国人有机会享受到人类过去 300 年的发明和创造，即便我自己并没有对这些发明和创造做出任何贡献。这或许就是经济学家讲的创新的"外溢效应"吧！生活在世界经济共同体中，真是一件好事。

据说第四次工业革命已经在美国的引领下开始了。如果中国晚 40 年改革开放，我就得从后半生开始，和我儿子一起同时经历四次工业革命。如果那样，我敢肯定，未来 40 年中国经济增长率会比过去 40 年的实际增长率还要高，更让世界瞩目。但我还是庆幸，历史没有这样进行。

作为经济学家，在享受三次工业革命成果的同时，我还是期待着我们的国家能在未来第四次工业革命中做出原创性的技术贡献，而不再只是一个搭便车者。

（摘自《经济观察报》2018 年 1 月 8 日，有删节）

让世界读懂当代中国

贾平凹

一

解读中国故事，就是让人知道这是中国的故事，并从故事中能读到当今中国是什么样子、中国人的生存状态和精神状态，以及能读出中国的气派、味道和意义。

当下的中国，作家是何其多，作品也是何其多。据报道，仅长篇小说，中国每年就印刷出版 3000 余部。在这么庞大的作家群和作品堆里，怎么去识别哪些是有价值的作品，哪些是意义不大的作品，哪些作品值得被翻译出去，哪些作品是需要下功夫加以重点翻译？我这样说着是容易的，其实做起来非常难，别说翻译家，就是中国的文学专业人员也难以做到特别好。我的意思是：能多读些作品，就尽量去多读些作品，从而能从中国文学的整体上去把握和掌控，如同把豆子平放在一个大盘子里，好的豆子和不好的豆子自然就发现了那样。要了解孔子，不仅要读孔子，而且要读老子、荀子、韩非子等等，这样才能更了解孔子。在能整体把握当下中国文学的基础上，就可以来分辨：中国之所以是中国，它的文学与西方文学有什么不同？与东方别的国家的文学有什么不同？它传达了当今中国什么样的生活？传达了当今中国什么样的精神和气质？这些生活、这些精神、这些气质，在世界文学的格局里呈现出什么样的意义？

这样，就可能遴选出一大批作品来，这些作品因作家的经历和个性不同，思想和审美不同，故事和叙述方式就必然在形态上、色彩上、声响上、味道上各异。如何进一步解读，我认为这就涉及两个问题，那就是了解中国的文化、了解中国的社会。

二

说到了解中国的文化，现在许多文学作品、艺术作品中，是有着相当多的中国文化的表现，但那都是明清以后的东西，而明清是中国社会的衰败期，不是中国社会的鼎盛和强劲期，那些拳脚、灯笼、舞狮、吃饺子、演皮影等等，只是中国文化的一些元素，是浅薄的、零碎的、表面的东西。

元素不是元典。中国文化一定要寻到中国文化的精髓、根本上去。比如，中国文化中关于太阳历和阴阳五行的建立，是中华民族对宇宙自然的看法、对生命的看法，这些看法如何形成了中华民族的思维方式和哲学观念？比如，中国的宗教有儒、释、道三种。道是讲天人合一，释是讲心的转化，儒是讲自身的修养和处世的中庸。这三教如何影响着中国的社会构成和运行？比如，除了儒释道外，中国民间又同时认为万物有灵，有着对天的敬畏、对自然界阴阳的分辨。

中国文化中这些元典的东西、核心根本的东西，才形成了中国人的思维和性格，它重整体、重混沌、重象形、重道德、重关系、重秩序。只有深入了解这些，我们才能看得懂中国的社会，才能搞明白社会上发生的许多事情。

　　中国社会曾是长期的农耕文明社会，也曾是长期的封建专制社会，农耕文明使中国人的小农经济意识根深蒂固，封建专制又是极强化秩序和统一。

　　几个世纪以来，中国人多地广，资源匮乏，闭关锁国，加上外来的侵略和天灾人祸，积贫积弱，在政治、经济、军事、科技、法制等等方面都落后。这种积贫积弱的现实与文化的关系，历来使中国的精英们在救国方略上发生激烈争论。

　　20世纪20年代，一种意见是现代西方文化为科学，中华文化为玄学，所以它落后，所以要批判和摒弃；另一种意见是中华民族并不是一开始就愚昧不堪，不是我们的文化不行，是我们做子孙的不行。这种争论至今也没有结束。

　　改革开放以后，中国社会发生了巨大变化，经济得以快速发展后，中国社会长期积攒的各种矛盾集中爆发，社会处于大转型期，一方面接受西方的东西多，日子好过之后更有了诉求，人觉醒之后更不满种种束缚，导致了整个社会信仰缺失、道德缺失、秩序混乱，追求权力和金钱，人变得浮躁、放纵甚或极端。于是，改革成为一道虽然很难但必须要做，而且只有进行时、没有完成时的重大任务。在这个年代，中国是最有新闻的国家，它几乎每天都有大新闻。所以，它的故事也最多，什么离奇的、荒唐的故事都在发生。它的生活是那样丰富多彩，丰富性超出了人们的想象力。可以说，中国的社会现象对人类的发展是有启示的，提供了多种可能的经验，也给中国作家提供了写作的丰厚土壤和活跃的舞台。

三

　　什么样的故事才可能是最富有中国特色的故事？从中国故事里可以看到政治，又如何在政治的故事里看到中国真正的文学呢？

　　先说头一个问题。在中国的古典长篇小说里，最著名的是《三国演义》《水浒传》《西游记》《红楼梦》。国人达成共识的、认为最能代表中国的、文学水准最高的是《红楼梦》，它是中国的百科全书，是体现中国文化的标本，人与事都写得丰厚饱满，批判不露声色，叙述蕴藉从容，语言炉火纯青，最大程度地传导了中国人

064 ·

的精神和气息。

从读者来看，社会中下层人群喜欢读《水浒传》，中上层人群尤其知识分子更喜欢读《红楼梦》。我在少年时第一次读《红楼梦》，大部分篇章是读不懂的；青年时再读，虽然读得有兴趣，许多地方仍是跳着读；到了中年以后，《红楼梦》就读得满口留香。

在中国现代文学中，中国人推崇鲁迅，鲁迅作品中充满了批判精神，而经历了"文化大革命"之后，中国人在推崇鲁迅外也推崇起沈从文，喜欢他作品中的更浓的中国气派和味道。

从中国文学的历史上看，历来有两种流派，或者说有两种作家的作品，我不愿意把它们分为什么主义，我作个比喻，把它们分为阳与阴，也就是火与水。火是奔放的、热烈的，它燃烧起来，火焰炙发、色彩夺目；而水是内敛的、柔软的，它流动起来，细波密纹、从容不迫，流得越深沉，越显得平静。火给我们激情，水给我们幽思。火容易引人走近，为之兴奋；但一旦亲近水了，水更有诱惑，魅力久远。火与水的两种形态的文学，构成了整个中国文学史，它们分别都产生过伟大作品。

从研究和阅读的角度看，当社会处于革命期，火一类的作品易于被接受和欢迎；而社会革命期后，水一类的作品则得以长远流传。中华民族是阴柔的民族，它的文化使中国人思维象形化，讲究虚白空间化，使中国人的性格趋于含蓄、内敛、忍耐。所以说，水一类的作品更适宜体现中国的特色，仅从水一类文学作家总是文体家这一点就可以证明，而历来也公认这一类作品的文学性要高一些。

再说第二个问题。基于中国的历史和现实，中国文学的批判精神历来是强烈的。先是"文化大革命"之后，批判"文化大革命"中和"文化大革命"以前政治的、种种不人道的、黑暗的、残暴的东西；再是在改革开放发展经济之后，批判社会腐败、荒唐以及人性中的种种丑恶的东西。

长期以来，中国文学里的政治成分、宣传成分太多，当我们在反抗着、批判着这些东西时，我们又或多或少地以长期以来形成的思维模式反抗着、批判着，从而影响了文学的品格品质。这种情况当然在改变着。中国国内的文学界和读者群也不满这种现象，在呼唤着、寻找着、努力创作着具有深刻的批判精神，同时又是从社会现实生活中萌生的有地气的、有气味和温度的、具有文学品格的作品，而不再欣赏一些从理念出发编造的故事，虽然那些故事离奇热闹，但它们散发的是一种虚假和矫情。

中国当代文学在这几十年里，几乎是全面地学习西方，甚或在模仿西方，而到了今天，这种学习甚至模仿可以说毕业了。

中国文学正在形成和圆满着自己的品格和形象。我们固然要看到中国故事中的政治成分、宣传成分，要看到中国文学中所批判的那些黑暗的、落后的、凶残的、丑恶的东西，但更要看到从这种政治的，宣传的，批判黑暗的、落后的、凶残的、丑恶的东西中发现品鉴出真正属于文学的东西，真正具有文学品格的作家的作品。

据我所知，十多年来，中国的文学作品被翻译了不少，甚至中国的电影、电视等艺术门类也有相当多的作品被介绍出去，让世界上更多的人知道了中国、了解了中国、关注了中国。但我想，我们不但需要让世界上更多的人了解中国的政治、经济、历史、体制，更应让世界上更多的人了解和关注中国普通民众的日常生活，真实的中国社会基层的人是怎样的生存状态和精神状态，普通人在平凡的生活中干什么、想什么、向往什么。只有这样的作品，才能深入地、细致地看清中国的文化和社会。在这样的作品里鉴别优秀的，那么，它的故事就足以体现真正的中国，体现出中国文学的价值几何和意义大小。

（摘自《人民日报》2014 年 8 月 31 日）

改革印记：三代人的旅途变迁

刘天竺

　　我的故乡在东北大平原上。小时候，我只在书本上和妈妈的口中听到"火车"这个词语，它长什么样子、车上面都有什么，既让我感到神秘，又十分陌生，更让我期待。

　　在妈妈的印象里，她年轻时候乘坐过的火车都是绿皮车，从哈尔滨到齐齐哈尔要走上一整天，她曾多次坐这样的火车去串亲戚。用现在时髦的话说，这是一场"说走就走"的旅行。但那时候车上的设施简单，经常飘着煤烟味，因为在30多年前，我们的火车还处于"蒸汽时代"。

　　我第一次坐火车是去外地上大学。从我家到学校只有一趟直达的火车，虽然已经告别了蒸汽机车，但是因为停靠车站较多，去报到的时候坐了36个小时的火车。这次旅途打破了我对"坐火车"的美好期待，夏天车厢里闷热，夜间还有蚊子，硬座车厢挤满了人，困得瞌睡又不敢睡，坐这样的火车太受罪。幸运的是，到放寒假的时候，迎来了全国铁路大提速，从上学的城市回到家乡只要 16 个小时，全国铁路步入了"电气化时代"。不仅火车运行时间短了，还给始发地预留一节车厢的车票，所以上大学的我从没有因为买不到票而苦恼过，更重要的是，"学生票半价"还让我有那么一点点自豪感。

也许真的是注定的缘分，工作后我对铁路的了解越来越深了。刚参加工作那几年，全国的铁路没什么大变化。突然有一天就有了京津城际，再不久就有了动车，现在又有了高铁"复兴号"。

我的女儿第一次坐火车是乘坐京津城际，当她坐在车上，望着窗外不断被火车追赶并甩到后面的汽车时，不由得发出了"哇，好快啊"的感慨，那时候她不到四岁。

2017 年暑假，爸爸妈妈带着我的女儿回东北老家，我给他们买了高铁车票。在爸爸妈妈眼里我这是浪费，他们认为在家里坐着跟在火车上坐着是一样的，没必要花那么多钱坐高铁，只要省钱就好，可是我不这么认为。普速火车确实是车票价格要便宜一些，但设备、设施和服务跟高铁相比，都存在着一定的差别。愉快的旅途生活对老人和孩子的身心健康都是有益的。

时代在变迁，铁路在成长。它不仅承载了我们一家三代人对目的地的期盼，也承载了全中国千万家庭的梦。无论是外出务工的游子，还是异地求学的学子，又或是放松身心的游客，那绵延的钢轨给人带来的总是希望，那不断提升的速度给人带来的不仅仅是激情。

人们的生活水平在逐步提高，铁路的服务水平也在不断提高。我们三代人的旅途变迁，恰好踏上了铁路成长的节拍，每一次进步都让人印象深刻。铁路的明天让人期待，中国的明天更让人期待。

（摘自中国网 2017 年 12 月 12 日）

小粮票 香故事 大变迁

殷建光

编者按:

　　小粮票，记录着老百姓吃饭的变迁故事，记录着国家粮食发展的变迁故事，记录着国家改革开放的变迁故事。小粮票记录着香香的故事，是国家改革开放40年让我们老百姓生活巨变的历史见证。

　　粮票在我们这一代人心中，印象深刻。因为粮票的故事是香香的故事，昨天是，今天是，明天也是。

　　小时候，小粮票是点心香的故事。那个时候，母亲带我去供销社买点心，其中，粮票是必需的。因此，在我的记忆中，粮票是香的，散发着点心的香味。那个时候，粮票就是点心的代名词。甚至摸到粮票，也要闻一闻。的确，那个时候的粮票都是油腻腻的。后来，改革开放了，油腻的粮票逐渐干净起来，不再油腻，甚至非常整洁了。粮票飘香，小时候的我，做梦都想拥有一屋子粮票，大概是受安徒生童话故事中的"饼干屋"的影响吧。总之，那个时候，粮票意味着香香的点心。

长大后，小粮票是饭菜香的故事。考上大学之后，有时候饭票不够，需要用粮票再买一些饭票。这个时候，我们的农村老家早已经不用粮票了，因为农村土地承包之后，农民有余粮了，农村市场繁荣了。于是，亲戚的、朋友的，都集中在我这里来了，这个时候，粮票的点心香已经变成饭菜香了。我还很得意，在农村没用的东西，在城市里还是很有用的，似乎从此抹掉了和城市人的距离。

现在呢？小粮票是记忆香的故事。我是1990年参加工作的，那个时候，粮票的使用已经接近尾声了，不过，在一些城市还有粮票的余香，比如买馒头，用粮票还是比较便宜的，但是，渐渐地，没有人再要粮票了，粮票逐渐淡出了我们的视野。这两天，收拾旧书，竟然从书页里跳出三张粮票，久违的它们似乎苍老了许多，但是，我依然感觉到一种悠香，不过，是记忆的幽香了。

将来呢？小粮票是文物香的故事。我要把这几张粮票小心珍藏起来，虽然它们已经没有使用价值，虽然它们已经成为昨天，但是，它们的故事永远在我们心中，它们的故事永远在历史的长河中，它们的故事会成为昨天我们的国家如何用计划经济为人民服务的历史见证，将来，它们必然飘荡出文物之香。

小粮票，记录着我们老百姓吃饭的变迁故事，记录着我们国家粮食发展的变迁故事，记录着我们国家改革开放的变迁故事。小粮票记录着香香的故事，是国家改革40年让我们老百姓生活巨变的历史见证。回想昨天票时代，感悟今天网时代，各种票都消失了，甚至于我们用的钱都在淡化，也正逐渐被微信支付所取代，我们正以一部手机走遍天下、吃遍天下、买遍天下。

小粮票，香故事，大变迁，我们在改革开放变迁中享受幸福、美丽前行。

（摘自中国网 2017 年 10 月 21 日）

令人着迷的铜奔马

宋喜群　蔺紫鸥

　　马是中国古人的"宠儿"，几千年来备受赞誉。在中国，有一匹铜奔马，它的意义已超越了一件普通的文物，它是中国旅游的"形象大使"，足迹遍布全国。

　　1983年，铜奔马被国家旅游局确定为中国旅游标志。它曾多次登上中国邮票的封面。你也可以在全国大部分城市的广场或火车站看到它的身影。

　　李白为它写"银鞍照白马，飒沓如流星"，李贺为它写"龙脊贴连钱，银蹄白踏烟"。杜甫更是用一整首诗来描绘它："胡马大宛名，锋棱瘦骨成。竹批双耳峻，风入四蹄轻。所向无空阔，真堪托死生。骁腾有如此，万里可横行。"这首《房兵曹胡马》让一匹英姿飒爽的大宛马跃然纸上。

　　1969年，武威县新鲜人民公社新鲜大队第13生产队的社员在挖防空洞时，从当地一处名叫雷台的封土下面发现了一座堆满随葬品的古墓。这座古墓是一座"高端洋气上档次"的大型砖室墓，不仅有前、中、后三室，前室和中室还附有三个耳室，相当于一处"三室三厅"的"豪宅"。然而村民们挖开古墓时，却被里面"牛头马面"的怪物吓了一跳。原来，在金、银、铜、铁、玉、骨、漆、石、陶器等 220 余件文物的随葬品中，有 39 匹神态各异、活灵活现的铜马，而领头的正是这匹铜奔马。

千里马需要伯乐的慧眼垂青。1971 年，郭沫若陪同柬埔寨王国宾努首相到访兰州，参观甘肃省博物馆时，郭沫若对铜奔马"一见钟情"，认为其造型独特，既有风驰电掣之势，又符合力学平衡原理，当场挥毫写下"四海盛赞铜奔马，人人争说金缕衣"的诗句，并将其命名为"马踏飞燕"。在郭老的推荐下，铜奔马被送往北京故宫博物院展览，后来又漂洋过海到美、英、法、日、意等多国进行展出，昔日封存在陈列室内的铜奔马终于名扬四海。

铜奔马不仅构思巧妙、工艺卓越，而且极具神秘色彩。围绕铜奔马有三大未解之谜，至今仍吸引着考古学家和历史学家不断探索。

问题一：这座雷台汉墓主人到底是谁？

甘肃省博物馆依据墓室中出土的"五铢"钱和文物上镌刻的"守左骑千人张掖长张君"等铭文，将雷台古墓的年代认定为"东汉灵帝中平三年至献帝期间（186—219 年）"，墓主人是"张某将军"。

学者尹国兴则依据墓中出土的"将军"银印、"冀张君"铭文、葬制等级等进一步提出墓主人为东汉天师张道陵。张道陵何许人也？你也许没听过他的名字，但传说张三丰是他的后人。假若仙风道骨的张真人站在铜奔马旁，画面一定十分炫酷。

但有不少学者并不同意这一观点，包括国家博物馆研究馆员孙机在内的多位学者认为，雷台古墓出土的钱币与东汉钱币特征不符，古墓形制更贴近西晋特征，铜奔马应是西晋文物。

问题二：这匹马究竟是哪种马？

第一种说法是汉武帝从西北引进的"天马"，也就是我们熟知的"汗血宝马"。据《汉书·张骞传》记载，汉武帝"得乌孙马好，名曰'天马'。及得宛汗血马，益壮，更名乌孙马曰'西极马'，宛马曰'天马'。"这种马可是名副其实的"白富美"，不仅瘦高修长，在现代人眼中也算是"美人"，还被汉武帝钦定"骋容与兮跇万里，今安匹兮龙为友"，只有龙才配和它交朋友，一般的马它根本瞧不上眼。

看到这里你可能要问：铜奔马这么厉害，咋不上天呢？别急，有学者引杜甫的诗句"星躔宝校金盘陀，夜骑天驷超天河"将其送上了天，称其为天上二十八星宿之马祖神"天驷"。另外，还有学者认为铜奔马的原型是汉文帝"九逸"良马中的"紫燕骝"，以骑行速度快如飞燕得名。除了马种，铜奔马看似"顺拐"的奔跑姿态也令人印象深刻。在"顺拐"这件事上，真真让人感叹"人不如马"，因为这种令人嘲笑的步伐放在马身上却摇身一变成为了良马的标志。这种同一侧前后腿同时向同个方向腾起的步伐被称为"对侧步"，常见于经过特殊训练的特种良马，通过马自身的左右摇摆而减缓马背上之人的颠簸感，非常适合丝绸之路上凹凸不平的沙地。据甘肃省博物馆介绍，铜奔马对侧步的特征正是河西走马的真实写照。

问题三：马蹄下的那只"鸟"是什么鸟？

铜奔马因郭沫若将其命名为"马踏飞燕"而家喻户晓，据说郭老当时正是联想到李白的诗句"回头笑紫燕"，遂一锤定音。然而燕尾服尚有开衩，铜奔马蹄下这一只却没有，所以目前学者们大多不接受这种说法。"马踏飞燕"受到质疑，又有学者提出了"马超龙雀"的说法。东汉张衡在《东京赋》中写道"龙雀蟠蜿，天马半汉"。龙雀指秦汉神话传说中的风神"飞廉"，但龙雀是鸟身鹿头，与铜奔马蹄下的"鸟"造型不符。另两种在学界流传较广的说法是"马踏飞隼"和"天马逮乌"。燕隼是西北常见的猛禽，形似雨燕，飞行能力极强，与汉代崇尚勇武的风格相映成趣。"天马逮乌"则是从浙江龙游石窟中的"天马行空"浮雕中找到的灵感。浮雕中的"天马"与铜奔马相似，"天马"前蹄正好在"乌"背上方，代表着"天马"追赶太阳，可真算得上飞上天和太阳肩并肩了。

在冷兵器时代，一匹好马相当于今天的坦克，古人看到一队好马奔腾而过时的心情与你看大阅兵时的心情别无二致。

　　铜奔马的出土地武威是古凉州的所在地，这里曾是古代丝绸之路上的第一重镇，居"通一线于广漠，控五郡之咽喉"的要塞地位。汉武帝时期，霍去病远征河西，击退匈奴，为表彰其"武功军威"，将此地改称武威。

　　两千年后的今天，这匹昂首嘶鸣、疾足奔驰的铜奔马仿佛将我们带回了那个"大风起兮云飞扬"的大汉王朝，让我们想到写下"故马或奔踶而致千里，士或有负俗之累而立功名"的汉武帝，毛遂自荐开拓丝绸之路的张骞，孤军入漠北、重创匈奴的李陵，获封"定远侯"的班超，首入波斯湾的甘英；想到漫漫丝绸之路上连绵不绝的马蹄印，想到不被时光磨灭的对理想和远方的执着追求。

（摘自光明日报微信公众号，有删节）

笙的美学精神

吴 彤

　　笙这件古老乐器3000年的历史，几乎和中华民族的文化命运休戚相关。从齐宣王三百笙竽的旷世绝响，到魏晋时期《笙赋》里依稀浮现的礼乐光芒，再到竽在大唐盛世黯然退场，只留下一攒玉笙在南唐宫阙里优雅而神伤……风雨飘摇的岁月里，笙箫寂寞，无以言说；今天我们再度关注笙，那金声玉振的小小笙簧和刚直劲节的紫竹笙苗，仿佛带我们重回那个黄金时代。

　　我与笙结缘41年，对它的感情也由恨到爱，太多问题牵引着我。我尝试背对现实往回摸索，看看笙这种乐器在历史的面纱后本初的样子。在古籍的只言片语里，在历代诗词歌赋中，我试图连接和勾勒，像蜘蛛修补着一张破碎的网。和笙有关的很多文字，虽是第一次见到，但并不陌生，因为那些对笙的赞美，充满了对人性的追求。

　　就这样，我慢慢地领悟到笙在古代的四种精神——"和""德""清""正"。

　　"和"是一个古老而博大的美学范畴，也是笙的前身。殷商时期，甲骨文的"和"就已经出现，左边表示形，如同笙的样子，右边的"禾"字表示读音。"和"并不是一个单纯的符号，而是取象于笙这件和谐共鸣的乐器。"笙，生也，象物贯地而生也。"作为乐器的"笙"，通"生长"的"生"，有万物生发的意思。笙斗就像大地，簧片像种子，笙苗就像生长出来的万物。当我们演奏笙的时候，一呼一吸好似一阴一阳，与《道德经》的"万物负阴而抱阳，冲气以为和"殊途同归。这说明了笙与道家文化"天人合一"观念的同一性。《齐物论》中讲到了"地籁""人籁""天籁"三位一体的和谐观念，"籁"字也是笙的名字。许慎《说文解字》中说："籁，三孔龠也。大者谓之笙。"笙发音，气振簧鸣，气停音止，恰恰蕴藏着天地间万物欢歌的含义。

　　"和"的另一种特性是圆融。笙可以中和那些个性鲜明的民族乐器，如唢呐、二胡、琵琶等。这些乐器独奏的时候，往往能给人留下深刻的印象，但在合奏的时候，若个性过分夸张，反而让彼此间无法交融。有了笙，这种问题就能得到一定程度的缓解。因为笙的每一个音，都用两个以上的音组合起来演奏。这种多音组成的传统和声具有很宽的泛音频谱，可以补偿合奏中缺失的频段，让音乐听起来更加丰满圆融。

　　笙的第二重精神是"德"。在很长一段时间里，我曾觉得自己学错了乐器。二胡的滑音，唢呐的嘹亮，鼓的高亢，《十面埋伏》里一把琵琶就能演绎出千军万马，这些音乐表达对于笙来说，都是望尘莫及的。笙是簧片乐器，这种发音原理决定了它的局限性。但我后来读到了晋朝潘岳的《笙赋》，《笙赋》形容笙的音色"直而不居，曲而不兆，疏音简节，乐不及妙"，意思是：笙奏出的音乐虽然直接但不僵硬，可以委婉但决不谄媚妖娆，这种疏朗简洁的艺术魅力，是其他乐器所无法比拟的。这让我联想到《论语》里"乐而不淫，哀而不伤"的节制之美。笙的音乐之美，恰恰是庙堂之气与君子之义的绝佳表现：喜不必得意忘形，悲不必哭天抢地。中国古代士大夫阶层习惯用一种有节制的优雅姿态来抒发内心的感情。这种细腻而深刻的处置，或许就是我们祖先面对无常人生的淡定和从容。

　　笙的第三重精神是"清"。"清"是中国独有的美学概念。清朝《灵芬馆词话》里形容姜夔的词如"瘦石孤花，清笙幽磬"，唐代《游春台诗》中亦有"凤凰三十六，碧天高太清"。这里的凤凰，指的就是笙。大概在 18 世纪时，笙通过一个法国传教士传到欧洲，在那之后产生的手风琴和口琴却没有什么清的音色。原因在于笙的独特结构。至少 1000 年前，笙片就有了一层用五音粉做的防锈涂层，演奏时，涂层也在震动，细小的铜粉和石粉也在摩擦共振，于是产生了类似于管风琴的声响。

　　"正"是笙的第四重精神。从《周礼》中可知，笙师原是一个官名，被誉为"五音之长"。小型民族乐队、大型民族管弦乐团，甚至"丝绸之路"乐团，大都由笙来校定音准。在为笙校音时，要进入一种极为平静的状态，观察音与音之间是否相和，簧片在呼与吸之间是否平衡，找到一种最大程度的和谐——这样一攒笙调下来，通常要几个小时。这同时是一个正心调性的过程。经过深度沟通之后，人与笙之间的距离更近，达到一种合二为一的状态。心无挂碍，人器合一，只听到那"中正平和"的笙音，带着我们深深的向往飘散到无边的天际。

　　大音希声，大象无形。简单的音乐，或许可以唤起你内心的平静。就像茶与酒的关系：没有茶，酒会变得相对浮躁，过于粗犷；可如果没有酒，过于冷静，则少了一份冲动的喜悦。激烈的音乐刺激，缓慢的音乐动人。激烈的音乐只要重复一个技术，添加丰富的和弦色彩，以及矛盾和情绪的冲突，就可以营造出五光十色的音乐世界。但缓慢的音乐，必须投入全部灵魂，每一分每一秒都需要高度专注，这样才能拥有连绵不断的气韵，才能与听者心心相印，进入深度欣赏和聆听的状态，如同身心得到一次洗礼。

　　笙的"和""德""清""正"是一种美学精神，也是中国人的生存方式。这不但是祖先留给我们的精神财富，也是中国的先民对人类文明做出的伟大贡献。

（摘自《人民日报》2017 年 11 月 23 日）

汉字：中华文化的独特符号

王立军

中华文化历史悠久，内涵丰富。能够代表中华文化的符号数量众多，其中最具有代表性的，一定非汉字莫属。这不仅因为汉字是中华文化的载体，更是因为汉字本身就是中华文化不可或缺的组成部分。从她产生的那一刻起，汉字就担负起承载中华文化的重任，几千年来与中华文化相伴而行，尽管饱经沧桑，却能同舟共济，共同谱写了中华文明的不朽篇章。

西汉"海内皆臣砖"内有阳文篆书"海内皆臣，岁登成熟，道毋饥人"。这是对当时政治、经济、民生状况的颂扬之辞。

中国自古以来就是一个崇尚文字的国度。早在西周时期，汉字就被作为"六艺"之一，列为宫廷初级教育的必修科目。秦始皇统一中国后，将"书同文"作为最重要的国策之一。东汉时期，许慎更是在《说文解字·序》中提出了"盖文字者，经艺之本，王政之始，前人所以垂后，后人所以识古"的论断。汉代还将能否掌握并规范书写足够数量的汉字，作为选官取仕的重要标准。三国时期的《魏石经》，大唐盛世的《开成石经》，也都体现了古人对汉字的尊崇。可以说，在中国历史上，大凡盛世，无不将文字作为社会文化建设的重要工具。即使在民间，也早已形成"敬惜字纸"的习俗。汉字在人们心目中的这种神圣地位，是她得以经久不衰的一个重要原因。

唐开元通宝最初的钱文是由欧阳询制词及书写的，其字体在篆隶之间，称为"八分隶书"。

汉字的强大生命力，源自她与所记录的汉语的高度适切性。

瑞典汉学家高本汉曾评价说："中国不废除自己特殊的文字而采用我们的拼音文字，并非出于任何愚蠢和顽固的保守性。中国的文字和中国的语言情形非常适合，所以它是必不可少的。"

首先，古代汉语以单音词为主，先秦两汉更是如此。汉字一字一个音节的特点，正与汉语词汇的这种特点相适应，从而形成了字词之间清晰的对应关系。虽然汉语词汇后来逐渐走上了复音化道路，但这种字词对应关系仍是整个汉语词汇系统的根基。

其次，我国幅员辽阔，人口众多，自古以来方言分歧就极为复杂。早在《论语》中就已出现"雅言"一词，指的就是当时的"普通话"。孟子曾嘲笑楚国的许行说话像伯劳鸟叫，还发过"欲其子之齐语也，则使齐人傅诸？使楚人傅诸？"的议论。如此严重的方言分歧，如采用直接记录语音的拼音文字，必将导致不同方言区文字的分裂，并最终导致文化的分裂。而汉字是表意体系的文字，字形并不具备精确的表音功能，这正好弥补了拼音文字的弊端，可以在不同方言区之间起到统一的交际作用。文字的统一，有利于维护文化的统一，进而维护国家的统一。

汉字的强大生命力，源自她与中华文化的融通性。

汉字的表意特点，使她与中华文化的众多元素相互融通，神合意随。特别是早期汉字，直观形象，生动多姿，与以写意为特点的中国绘画有异曲同工之妙。唐代张彦远《历代名画记·叙画之源流》就特别强调了汉字与绘画同出一源："颉有四目，仰观垂象，因俪鸟龟之迹，遂定书字之形。造化不能藏其秘，故天雨粟；灵怪不能遁其形，故鬼夜哭。是时也，书画同体而未分，象制肇始而犹略。"书画同源的事实，决定了早期汉字的写意特征。如甲骨文的"象"字，长着长鼻子和健壮身躯，惟妙惟肖，充满灵动之美。

汉字优美的写意性形体，形成了世界上独特的书法艺术。从甲骨文到楷书，每一个阶段都呈现出不同的艺术风格，构成了汉字历史上一道道亮丽的风景线。正因为拥有与中华文化元素高度切合的特点，汉字才能有机地融入中华文化的系统之中，与中华文化的众多元素之间建立起密切的依存关系。

汉字的强大生命力，源自她自身系统的不断调适和完善。

一种文字能否长期充当全民的交际工具，关键在于这种文字能否有效满足社会和语言发展的需求。语言中词汇越来越丰富，这就要求文字一定要具有能产机制，文字的字符数量能随之增加；社会发展中需要记录的事务日渐繁多，这就要求文字越来越方便书写，以有效提高记事速度。汉字发展的总体方向，恰恰满足了这两方面的重要需求。

较早产生的汉字多为象形字，个性化很强，数量也相当有限。尽管人们后来摸索出用两个或几个象形字组合造字的会意方法，但仍然无法满足语言日渐丰富的需求。如果解决不了能产性的问题，汉字很可能像其他几大古文字一样转而走向拼音文字的道路。但充满智慧的中国先民们，在早期朴素辩证哲学的启发下，运用"一阴一阳之谓道"的思想理念，将一元化的象形方法转化为二元化的形声机制，产生了由形符和声符组合而成的形声字。这种音义结合的构形方式，因其很大的优越性、区别性、能产性和系统性被广泛应用，也使汉字的长期生存成为可能。

在书写方面，汉字由早期的整体象形性，到小篆的完全线条化，再到隶楷的彻底笔画化，一直朝着方便书写的方向进行系统性调整，有效地满足了社会发展的现实需求。特别是计算机问世以来，汉字又通过形码和音码等多重手段，很好地解决了电脑输入和呈现的问题，粉碎了"计算机是汉字的掘墓人"的预言。

汉字以其顽强的生命力，几千年来一直支撑着中华文化的发展，就如同运载火箭一样，助推中华文化飞跃一个又一个新高度。而且，汉字自古至今一直顽强地坚持自己独特的表意性，使得其形体内部蕴含着丰富的古代文化信息。一个个字符，就如同中华文化的活化石，传递着来自古代社会的音讯，描绘着中华文化发展演化的历史轨迹。

例如，"男"字在甲骨文中就是由"田"和"力"两部分构成的，而"力"的甲骨文字形，像一种最原始的耕地农具之形。这说明，在造"男"字的时候，中国已进入农业社会。而同样是象形文字的古埃及的"男"字，像一个男子单膝跪地引弓射箭之形，说明当时的埃及仍处在田猎时代。汉字和古埃及文字各自植根于自己的文化土壤中，因而也就必然打上各自民族文化的烙印。

再如，和谐的"和"，甲骨文写作后来的"龢"字：左边是用竹管编制的笙一类的乐器，右边是禾苗的禾。禾苗须得阴阳六气之正，才能顺利生长，体现了自然的和谐；乐器最重要的是音声相和，是宫商角徵羽的绝佳配合，这是人文的和谐。一个"龢"字，透露出古人综合全面的和谐观，是社会和谐与自然和谐的完美结合。

这些汉字构形所体现出的思想观念，比最早的文献中所记述的还要早得多，是我们所能探知的古人思想观念的最早期状态。汉字构形的这种文化考古功能，加深了汉字与中华文化相融合的密切程度。

汉字是中华民族共同的财富，不仅给汉民族带来了文化的繁荣，也在少数民族的文化发展中发挥了重要作用。在我国 55 个少数民族中，有 20 多个民族或者直接借用汉字记录自己的语言，或者仿照汉字创造了自己的文字，如壮文、白文、苗文等就是完全根据汉字的偏旁部件和造字结构来创制文字的。

汉字也是世界人民共同的财富。在几千年的发展中，汉字陆续远播于周边国家，对日本、韩国、越南、新加坡等国家的文字和文化产生了深远的影响，并逐渐形成了覆盖东亚、东南亚大部分地区的"汉字文化圈"。

在当代，随着中国实力的日渐提升和中华文化的快速传播，汉字正以其非凡的活力，健步走向世界的每一个角落。

（摘自《光明日报》2017 年 1 月 15 日，有删节）

二十四节气

庄寄北

中国的二十四节气在年年岁岁中往复循环，这个"中国的第五大发明"，如今获得了世界的认可。

中国人过着比四季更精致的二十四节气，感知天地时节，重拾节气之美，也唤醒了我们对时间最初的记忆。

二十四节气最早起源于黄河流域。远在春秋时代，就定出仲春、仲夏、仲秋和仲冬等四个节气。之后不断地改进与完善，到秦汉年间，二十四节气已完全确立了。

公元前 104 年，由邓平等人制定的《太初历》，正式把二十四节气订于历法，明确了二十四节气的天文位置。二十四节气至今已经沿用了 2000 多年。

二十四节气是指中国农历中表示季节变迁的 24 个特定节令，是根据地球在黄道上的位置变化而制定的，每一个节气分别对应地球在黄道上每运动 15° 所到达的一定位置。

二十四节气的正规名称是二十四气，分为十二节令（又称节气）和十二中气。

农历每月两气，在月初的为节令，即立春、惊蛰、清明、立夏、芒种、小暑、立秋、白露、寒露、立冬、大雪、小寒为节令；在月中以后的叫中气，即冬至、大寒、雨水、春分、谷雨、小满、夏至、大暑、处暑、秋分、霜降、小雪为中气。

二十四节气的日期与公历相对应，中气则通常被用来确定农历的月份。如大寒所在的月份为腊月，雨水所在的月份为正月等。

二十四节气的日期在农历中会逐月推迟，如果在一个农历月份中，中气恰巧落在月末，就会造成下个月没有中气的情况。这个没有中气的月份便会成为上个月的闰月。举例来说，2017 年的农历六月于公历 7 月 22 日结束，其后的一个月从公历 7 月 23 日开始，至 8 月 21 日结束。在这个月中，仅有立秋一个节气，并没有中气，这个月便成为"闰六月"。

打春牛，送雨水，祭白虎；粘雀子嘴，插柳，祭海；斗蛋，秤人，祭三车……不同的地区有着不同的节气民俗。这是农耕文明背后被擦亮的那抹传统文化的风骨，随着乡愁，融入中国人生活的一部分。

吃，是二十四节气中不变的话题。中国地大物博，南北差异，让二十四节气在不同的地方有不同的"吃法儿"。其中，不仅暗含着时令的变化，也包含着老祖宗对于节气养生的智慧。

"冬至饺子夏至面，三伏烙饼摊鸡蛋。"冬至吃饺子不仅是纪念"医圣"张仲景冬至舍药，人们更愿意相信冬至这天吃了饺子，整个冬天都不会冻耳朵。

春饼、饺子、面条，这些最朴素的食物也蕴含了中国人对于节气的最朴素的认知。

更有甚者，将二十四节气做成 24 道菜，把我们的饭桌上那些与节气紧密相连、又祖辈相传的菜肴呈现在眼前。

这些，无一不表明了中国人的智慧与二十四节气本身的美好。

自从二十四节气成为非遗，这个话题好像就再次火了起来，朋友圈里流传着各种有关节气的美图。一位设计师，还将二十四节气设计成了颇具创意的动图。每一张图宛如一幅画，自然、诗意、鲜活、灵动，浓浓的中国风扑面而来。让人在赞叹设计师巧思的同时，又对我们的节气有了更深的了解。

在漫长的岁月里，这些节气深藏着亲人的关心与呵护，它不仅准确地诉说着天候，经历千年，也早已沁入人们生活的点点滴滴。故而它更是一种情结，一种温情，一种属于我们的文明。

二十四节气是中国式浪漫，让我们感悟，生活不仅是春夏秋冬，更是 24 个感知自然细微的时刻。

这让我们相信：浸染着中国文化的生活远比你想象的更美好。

（摘自光明网 2017 年 8 月 23 日）

唐诗与中国文化精神（节选）

胡晓明

很多年前，华东师大的施蛰存老先生招考研究生时出了一道题目："什么是唐诗?"这是一个有意味的问题。唐诗是一个美好的词语。汉语中有很多美好的词语，比如长江、黄河、黄山、长城等。我们提起唐诗，就有一种齿颊生香的感觉。唐诗只是风花雪月吗？只是文学遗产吗？只是语言艺术吗？我们仅从风花雪月的角度去看唐诗，或许表明我们的人生太功利了；我们仅从语言艺术和文学遗产的角度去看唐诗，又可能把唐诗看得太专业了。唐诗还可不可以指向一些更远更大的东西？

大家知道，唐代有兼容并包的文化精神，有世界主义的文化精神，有继承创新的文化精神。但我觉得还不够，毕竟诗歌是关于心灵的事情，心灵性才更是唐诗幽深处的文化精神。

马一浮先生有一句话说得好：诗其实就是（人的生命）"如迷忽觉，如梦忽醒，如仆者之起，如病者之苏"。诗就是人心的苏醒，是离我们心灵本身最近的事情，是从平庸、浮华与困顿中醒过来，见到自己的真身。这似乎有点玄了，那姑且作一个比喻：人生有很多幻身、化身，真身是这当中那个比较有力量、自己也比较爱之惜之的那个自我，而且是直觉的美好。我又想起古代有两位禅师有一天讨论问题，第一位禅师说了一大套关于天地宇宙是什么的道理，轮到第二位禅师时，他忽然看到池子里边有一株荷花开了，就说了一句："时人见此一枝花，如梦相似。"我读唐诗，似懂非懂、似问似答之间，正是"见此一枝花，如梦相似"。因为读诗是与新鲜的、感性的经验相接触，多读诗，就是多与新鲜的、感性的经验相接触、相释放，就像看花。

我十五岁离开家去当工人的时候，心里是想家，沛然莫之能御。有一天读一首小小的唐诗："日暮苍山远，天寒白屋贫。柴门闻犬吠，风雪夜归人。"我忽然就觉得，那个大风大雪中快要回到家中的夜归人，就是我自己啊。心里一下子有说不出的温暖与感动。

为什么唐诗会这样呢？我想这是因为唐诗表达了我们古今相通的人性，而且是用永远新鲜的、感性的经验来表达。所以唐诗一方面显露的是永恒的人性，另一方面又永远是感性的、新鲜的。而这个古今相通的人性，恰恰正是中国文化内心深处的梦。我想我们中国文化做梦做得最深最美的地方，就是古今相通的人性精神。风花雪月的背后是永远的人性世界。

在历代传诵的唐诗诗句中，有说不出的美妙。譬如李白的《静夜思》："床前明月光，疑是地上霜。举头望明月，低头思故乡。"诗人一低头一抬头，随口吟来，即成永恒。你能说出这里面的好来吗？其实这样的诗歌，背后的深厚底蕴正是中国文化的人性精神。一个是永恒的情思，一个是刹那的感动，又新鲜又古老，又简单又厚实。依中国文化的古老观念，人心与人心不是隔绝不通的。诗三百，一言以蔽之，思无邪也。无邪就是诚，就是人性与人性的照面。心与心之间，被巧语、算计、利害、物欲等隔开，都是不诚。孔子说"兴于诗"，就是从诗歌开发人性、人心的根本。孔子又说，一个人如果不学习《周南》《召南》，"犹正墙面而立"。一个人对墙而立，就是隔，就是将自己的心封闭起来。尽心尽情的精神，就是人心与人心的相通，人性与人性的照面。这成为中国文化的一个基石，也成为中国文化千年的一个梦。

台湾的牟宗三先生对中国文化精神有着很深的理解，他曾提出一个公式，用"心、性、理、才、情、气"这六个字来把握中国历史的不同特点。有尽心尽理的时代，也有尽才尽气的时代。他的学生，台湾著名学者蔡仁厚教授，更明确地说，唐代人只是"尽才、尽情、尽气"，却不太能够"尽心、尽性、尽理"。这样的说法虽然有道理，却是二元论的简单化，将"心性理"与"才情气"简单地打成两截，等于说唐人只知道挥洒才情气，不懂得尽心尽性尽理。其实在才情气当中，就有心性理的内容。心就是良知，理就是天理。杜甫有诗句云："杜陵有布衣，老大意转拙。许身一何愚，窃比稷与契。"这里有很深的"理"。第一，中国文化中，人皆可以成尧舜，布衣也可以为圣贤事业。这是高度的道德自主。要做知识人，就要多少有点圣贤气象。第二，愚与拙，都是正面的价值。其近义词即诚与朴，能如此，就是最高限度热爱生命的美好。第三，《孟子·离娄下》："禹思天下有溺者，犹己溺之也；稷思天下有饥者，犹己饥之也。"这就是中国文化中圣贤精神的内涵。唐诗人有杜甫，有韩愈，可以说，尽情、尽气与尽心、尽理，完全是可以打通的。

唐诗"以山水为教堂，以文字为智珠"。它珍视人间的美好，成全宇宙的大美，既是尽气尽才的精神，也是尽心尽情的精神。同时，心气与才情，又有着超越的根据，人心与自然共同美好、共同无限、共同充满美好的希望。

如果总结成一句话，即珍惜美好，实现自我，永葆爱心。这是唐诗的精神，也是我们这个时代最需要的精神。

（摘自《读者》2017 年第 11 期，有删节）

品味诗意端午　培育家国情怀

付　彪

锣鼓敲响，粽香悠悠，迎着浓郁的诗意，端午佳节飘然而至。李隆基有诗云："端午临中夏，时清人复长。"端午节，又称"诗人节"，是我国重要的传统节日之一。追溯端午的历史文化，不难发现，这个节日散发着一种浓郁诗意和家国情怀。

端午节，人们总会不由自主地想起伟大的爱国诗人屈原。屈原，春秋时期楚国大臣。他倡导彰明法度，改革政治，举贤授能，富国强兵，力主联齐抗秦，却遭小人馋害而被流放。在多年的流放中，屈原写下了《离骚》《天问》《九歌》等许多忧国忧民的不朽诗篇，最后以《九章·怀沙》绝笔投江殉国。唐朝文秀的《端午》"节分端午自谁言，万古传闻为屈原"，讲的就是端午节流传最广的一种起源。唐代褚朝阳也有诗为证："但夸端午节，谁荐屈原祠。"

端午节，也有纪念春秋时期吴国大夫伍子胥之说。伍子胥具有雄才大略，忠心助吴王阖闾西破强楚、北震齐晋、南服越人，吴国达到鼎盛之势。阖闾去世后，他辅佐夫差即位，帮助吴国打败越国。夫差听信谗言，将伍子胥赐死。千百年来，江浙一带相传伍子胥死后忠魂不灭，化为涛神，端午节即为纪念伍子胥之日。清代诗人朱彝尊诗云："胜日衔杯罢，轻舟解缆初。尽传迎伍君，不比吊三闾。"如今嘉兴端午竞渡以纪念伍子胥，且规模不亚于楚地吊屈原。

端午节，据传还是南宋爱国诗人文天祥的生日。每逢端午，文天祥都会以诗抒怀，表达自己忧国忧民、尽忠报国的决心。他在《端午》一诗中写道："人命草头露，荣华风过耳。唯有烈士心，不随水俱逝。至今荆楚人，江上年年祭。不知生者荣，但知死者贵。勿谓死可憎，勿谓生可喜……"他在被俘后，"精诚感苍天，浩气冲牛斗"，始终保持坚贞不屈的气节。

"路漫漫其修远兮，吾将上下而求索""人生自古谁无死，留取丹心照汗青"……端午节是诗意的，体现的是爱国的精髓。过端午，怀屈原，念伍子胥，吊文天祥等，实为一次灵魂的净化。因此，在端午这一天，我们吃着飘香粽子的同时，不妨也品读一下这些优秀的诗歌，并从其浓郁的诗意中唤起对端午历史文化的记忆，追溯先哲们的伟岸精神，激发和培育自己的家国情怀。

（摘自人民网 2016 年 6 月 6 日，有删节）

屠呦呦与青蒿素

佚 名

2015 年 10 月 5 日，从瑞典斯德哥尔摩传来令人振奋的消息：中国女科学家屠呦呦获得 2015 年诺贝尔生理学或医学奖。理由是她发现了青蒿素，这种药品可以有效降低疟疾患者的死亡率。屠呦呦是第一位获得诺贝尔科学奖项的中国本土科学家，第一位获得诺贝尔生理学或医学奖的华人科学家。10 月 6 日上午，一直不愿意接受采访的屠呦呦终于把记者请进家门，一再强调"也没什么好讲的"，她还通过央视发表自己的获奖感言。她说，作为一名科技工作者，获得诺贝尔奖是一项很高的荣誉，青蒿素这项生物研究成果是多年研究、集体公关的成绩，青蒿素获奖是中国科学家集体的荣誉。

在屠呦呦获诺贝尔奖之前，大部分人或许都不知道她是何许人，一夜之间她蜚声国内外，而以她为领导的研发小组研制的新型抗疟疾药青蒿素也被大家所熟知。

屠呦呦 1930 年 12 月 30 日出生于浙江省宁波市。"呦呦鹿鸣，食野之苹"，《诗经·小雅》的名句寄托了屠呦呦父母对她的美好期待。她自幼耳闻目睹中药治病的奇特疗效，立志探索它的奥秘。1951 年，屠呦呦如愿考入北京大学医学院药学系，选择了当时一般人缺乏兴趣的生药学专业。在专业课程中，她对植物化学、本草学和植物分类学最感兴趣。大学毕业后，屠呦呦就职于中国中医研究院。那时该院初创，条件艰苦。屠呦呦在设备简陋、连基本通风设施都没有的工作环境中，经常和各种化学溶液打交道，一度患上中毒性肝炎，但她心无旁骛，埋头从事中药研究，取得了许多骄人的成果。其中，研制用于治疗疟疾的药物——青蒿素，是她最杰出的成就。当年轻的屠呦呦开始这项研究的时候，她当然不会意识到，在漫长而曲折的研究"抗疟"的道路上，有一顶金光闪闪的王冠正在等待她来摘取。

疟疾是一种严重危害人类生命健康的世界性流行病。世界卫生组织报告，全世界约有 10 亿人口生活在疟疾流行区，每年约有 2 亿人患疟疾，百余万人被夺去生命。特别是 20 世纪 60 年代初，全球疟疾疫情难以控制。当时正值美越交战，在越美军因疟疾减员 80 多万人。美国不惜投入大量人力物力，筛选出 20 多万种化合物，却未找到理想的抗疟新药。因疟原虫对喹啉类药物已产生抗药性，所以，防治疟疾重新成为各国医药界攻克的目标。继美国之后，英、法、德等国也花费大量人力物力，寻找有效的新结构类型化合物，但一直未能如愿。我国从 1964 年重新开始对抗疟新药的研究，从中草药中寻求突破是整个工作的主流，但是，通过对数千种中草药的筛选，却没有任何重要发现。在国内外都处于困境的情况下，1969 年，39 岁的屠呦呦临危受命，出任该项目的科研组长。她从整理历代医籍着手，四处走访老中医，搜集建院以来的有关群众来信，编辑了以 640 方中药为主的《抗疟单验方集》。然而筛选的大量样品，对抗疟均无好的苗头。她并不气馁，经过对 200 多种中药的 380 多个提取物进行筛选，最后将焦点锁定在青蒿上。但大量实验发现，青蒿的抗疟效果并不理想。她又系统查阅文献，特别注意钻研历代用药经验中提取药物的方法。当她再一次转向古老中国智慧时，东晋名医葛洪

《肘后备急方》中称："青蒿一握，以水二升渍，绞取汁，尽服之"，可治"久疟"。琢磨这段记载，她认为：在高温的情况下，青蒿的有效成分很有可能被破坏了。于是她改用乙醇冷浸法，所得青蒿提取物对鼠疟的效价显著提高；接着，用低沸点溶剂提取，效价更高，而且趋于稳定。终于，在经历了190次失败后，青蒿素诞生了。这剂新药对鼠疟、猴疟疟原虫的抑制率达到100%。

疟疾，一个肆意摧残人类生命健康的恶魔，被中国的一位女科学家制服了。

屠呦呦，以百折不挠的拼搏精神在中华科技史上谱写了一部精彩的人生传奇。

"这一医学发展史上的重大发现，每年在全世界，尤其在发展中国家，挽救了数以百万计的疟疾患者的生命。在基础生物医学领域，许多重大发现的价值和效益并不在短期内显而易见。但也有少数，它们的诞生对人类健康的改善所起的作用和意义是立竿见影的。由屠呦呦和她的同事们一起研发的抗疟药物青蒿素就是这样一个例子。"这是2011年度拉斯克奖的颁奖词。

2015年的诺贝尔奖虽然有些姗姗来迟，但毕竟是令人振奋的。当颁奖词的庄严声韵回响在地球上空的时候，各种肤色的人都在向这位耄耋老人表达着深深的敬意。

（摘自语文网 2015 年 10 月 26 日）

醉心于摘取数学皇冠上明珠的人

李盈盈

1500 年多前，我国古代数学家祖冲之最早将圆周率（π）值计算到小数点后 7 位，直到 1000 多年后，这个记录才为西方数学家所打破。46 年前，中国一位伟大的数学家用一支笔和无数的草稿纸攻克了数学界 200 多年悬而未解的世界级数学难题——"哥德巴赫猜想"中的"1＋2"，成为哥德巴赫猜想研究史上的里程碑。这个伟大的数学家就是陈景润。

人们经常提到的"哥德巴赫猜想"，是 1742 年 6 月 7 日德国数学家哥德巴赫提出的一个未经证明的数学猜想——"任何一个偶数均可表示为两个素数之和"。陈景润在这个问题上的研究成果至今仍处于世界领先地位。

咬定青山不放松

儿时的陈景润也和其他孩子一样，喜欢玩捉迷藏游戏。不同的是，他玩游戏时总是拿着一本书，喜欢藏在一个别人不易发现的角落，一边看书，一边等小朋友来"捉"他。经常出现的情况是，他看着看着就忘了捉迷藏的游戏，而是陶醉在书的世界里啦。

高中时，偏好数学的他记住了教他数学课的沈元老师讲过的一段话：自然科学的皇后是数学，数学的皇冠是数论，"哥德巴赫猜想"则是皇冠上的明珠。这个在世界数学史上鲜有人能够挑战的课题深深地吸引了陈景润。

进入厦门大学读书后，陈景润在学习上更加刻苦，连晚上熄灯后的休息时间也有很大一部分被用来看书。为了不影响室友休息，他在被窝里用手电筒照明读书。这种习惯，一直持续到他工作后及蹲"牛棚"时期。

毕业后，陈景润有机会回到厦门大学做研究工作。这期间，陈景润完成了论文《塔利问题》，改进了时任中国科学院数学所所长华罗庚在对垒素数论中的某些结果。华罗庚听说后，很高兴，将他调入中国科学院数学所，当时陈景润只有 24 岁。

进入数学所后，陈景润发现有机会"触摸"在他生命中十分重要的哥德巴赫猜想了，因为那时所里成立了专门的"哥德巴赫猜想"讨论组。他加入其中，开始向着攻克哥德巴赫猜想的方向进发。

当时数学所条件不是很好，几个人共用一个宿舍。为了更好地工作，他独自搬进了一个仅有 6 平方米的锅炉房，里面只有一张木板床，没有桌子和椅子。这张木板床就成了陈景润的工作台——工作时被子掀到一边就算是一张桌子。国外科学家拥有高速的电子计算机，陈景润只有一支笔，复杂的科学演算全靠笔算。但对于这一切，陈景润毫不在乎，他乐此不疲，痴迷于他的数学研究。功夫不负有心人，1966 年 6 月，他在中国科学院的刊物《科学通报》第 17 期上发表了他关于哥德巴赫猜想的研究成果，这一成果是迄今为止关于哥德巴赫猜想的最好的研究成果，简称"1+2"。为了证明这个命题，陈景润写出了 200 多页的论文。由于《科学通报》的篇幅有限，全文并没有刊登。正当陈景润要修改他的长篇论文的当口，"文化大革命"爆发了，陈景润被卷入了历史洪流。

1968 年 9 月底，他的这个 6 平方米的家被抄了，他视作比生命还要重要的哥德巴赫猜想"1+2"研究手稿全部被毁，他被"请进"了"牛棚"。面对着无端的辱骂和极端的混乱，陈景润再一次"躲"进了书中。有一次，"看守"到处找不到他，以为他逃跑了，就四处搜。后来，发现瘦小的他居然躺在"牛棚"里的一个被窝里，用手电照明看书。

告别"牛棚"后，陈景润回到了那间 6 平方米的小屋。小屋中的电线全部被扯断，陈景润就用煤油灯照明。就是在这么一种环境下，陈景润从头再来，又走在了攻克哥德巴赫猜想的路上。

煤油灯一用就是 4 年。4 年里，他不仅把自己关在这个 6 平方米的小黑屋里，也紧紧关上了爱情的大门。这 4 年也是陈景润创造辉煌的关键时期，他简化了此前自己给出的哥德巴赫猜想"1+2"的证明过程，将论文长度从原来的 200 多页减到了 100 多页。

1973 年，《中国科学》杂志正式发表了陈景润的完整论文《大偶数表为一个素数及一个不超过两个素数的乘积之和》，即哥德巴赫猜想"1+2"。直到他成功之后，人们才发现他床底下有 3 麻袋多的草稿纸。更让人觉得不可思议的是，1965 年，布赫斯塔勃等证明"1+3"用的是大型高速计算机，而陈景润证明"1+2"是独自一个人，完全用手工计算！陈景润凭着不懈的追求和惊人的毅力书写了数学史上的传奇。

世界著名的数学家哈贝斯特坦从香港大学得到陈景润论文的复印件，立即将陈景润的"1+2"写入他与黎切尔特合著的专著中，并把这部分内容命名为"陈氏定理"。此前，为了等待陈景润对"1+2"的完整证明，他们把该书的出版日期推延了数年之久。

美国著名的数学家阿·威尔（A.Weil）在读了陈景润关于哥德巴赫猜想"1+2"

的论文以后，充满激情地评价："陈景润的每一项工作，都好像是在喜马拉雅山山巅上行走，危险，但是一旦成功，必定影响世人。"

他的恩师华罗庚得知情况后，激动地说："我的学生的工作中，最使我感动的是'1＋2'。"

位卑未敢忘爱国

一石激起千层浪，陈景润攻克"1＋2"的消息使他名扬海内外。1979 年 1 月，陈景润应美国新泽西州普林斯顿高等研究院院长沃尔夫博士的盛情邀请，首次出访美国。

那里丰富的数学研究资料和信息，使精通英语的陈景润犹如进入神话中的"太阳岛"，他恨不得节约每一分钟每一秒，用于学习和研究。

他没有去任何地方游玩，整天泡在书房、办公室、图书馆。为了节省时间，陈景润买了一大桶牛奶，整箱面条和鸡蛋。他每天的伙食就是：牛奶煮面条加鸡蛋。

4 个月之后，陈景润飞回北京。面对到机场采访的中外记者，陈景润宣布：把在美国做研究工作节省下来的 7500 美元，全部捐献给国家。

陈景润是认真的，回到数学所，他就把一本存折交给了领导。钱以活期形式存在美国的花旗银行，随时可以取用。7500 美元，在当时可不是一个小数目，它是陈景润靠吃面条节省下来的！它凝聚着陈景润的一腔心血，更凝聚着陈景润对祖国的赤子情怀。

多情未必不丈夫

在很多人眼里，陈景润只知道数学研究，他迂腐、呆笨，近乎"傻子"。其实，这位数学天才的心里不仅有国、有家，还有爱。

在妻子由昆眼里，陈景润永远是先人后己，他不仅是好丈夫、好父亲，还是一个胸怀宽广、心存大爱的大丈夫。1984 年，陈景润患了帕金森综合征，长期住院。为了照顾他，领导决定让他的妻子由昆不上班，专职照顾他。当由昆把这个好消息告诉陈景润时，陈景润坚决不同意，他说："你一定要去上班，你是部队培养出来的，光为我一个服务不可以。另外，我生病已经影响了工作，如果两个人都不工作的话，心里就更过意不去了。"

由昆后来回忆说，特别感谢陈景润的坚持。如果她当时脱离了工作，就会与社会脱节，那么，如今的她就变成了没有一技之长的家庭主妇。

作为蜚声世界的数学家，陈景润始终怀着对老师的感恩之情，他明白，如果没有恩师的指导和提携，就没有他的未来。无论何时何地，他都念念不忘老师们的恩情：沈元教授把他引入数学的天堂，厦门大学王亚南校长曾挽救他于街头，华罗庚教授给他太多的支持与鼓励等等。

他的恩师华罗庚也一直致力于哥德巴赫猜想"1＋1"的研究，遗憾的是，1985 年华老倒在了工作岗位上。当重病的陈景润得知这一消息时，要求人把他背下楼，坐着轮椅参加了华老的追悼会。

在追悼会现场，生活无法自理的陈景润以惊人的毅力站了起来，借助别人的搀扶，整整站了 40 分钟。他感念华罗庚无私的提携之恩和真挚之情，希望能完成老师一生未了的心愿。

心底无私天地宽

沉迷于数字世界的陈景润对他人的恩惠永远铭记，而对于怨恨，他都当作过眼云烟。20 世纪 80 年代，一位"文革"时期毒打过他的人想出国，找陈景润写推荐信，陈景润不计前嫌，全力帮他；还有一位曾批斗过陈景润的人评职称时请陈景润写论文鉴定，陈景润公正地对他进行评价，这位同志的职称也评上了。陈景润的夫人由昆对此颇有微词，陈景润笑着说："过去的事情，就让它过去算了。"

他的大度无私态度在遭遇飞来横祸时，依旧没有动摇。

1984 年 4 月 27 日，一场几乎剥夺他科研权利的灾难降临了。这天，陈景润去一家书店寻找新的研究资料，他和平时一样，低着头，边走边思考。一个小伙子骑着自行车从远处急驰而来。随着"啊——"的一声惨叫，还没有明白怎么回事的陈景润倒在车前。

在被送往医院的路上，陈景润苏醒过来，他意识到自己受了伤，正被送往医院。"去中关村，去中关村医院!"身受重伤中的陈景润怕让别人负担医疗费用，坚持要到他的公费医疗单位——中关村医院。

在医院里，陈景润喃喃地重复着："他不是有意的，不是有意的，不要处分他。"后经医生初步诊断：后脑撞伤，严重脑震荡。这次大脑受创，给陈景润带来了意想不到的致命伤害。第二年，陈景润得了帕金森综合征。从此，陈景润大多数的时间是在医院里度过的。1996 年 3 月 19 日，一代数学大师陈景润逝世，享年63 岁。

每个人都是一页历史，只是这页历史的光彩程度有所差异。陈景润用自己的人格写下了一段光彩的历史。

(摘自中国青年网 2012 年 2 月 16 日，有删节)

航天功臣讲述钱学森鲜为人知的往事

高　博　陈　瑜

任新民、庄逢甘、屠善澄、鲍克明……这些航天界响当当的功勋科学家，都曾是钱学森的老部下。11 月 3 日，他们齐聚中国航天科技大厦，追忆钱学森鲜为人知的往事。

发明"航天"和"导弹"两个词

大家都知道钱学森是"航天之父"，但没多少人知道"航天"这个词也是钱学森提出来的。

94 岁的航天"总总师"任新民回忆说，过去大家用得比较多的词是"空间技术"，也有人用"航空"。任新民记得钱学森说："航空是在空气里飞。火箭已经在空气上面了，怎么还能叫航空呢?"

从毛泽东诗句"巡天遥看一千河"得到启示，钱学森 20 世纪 60 年代时首创了"航天"这个词。一开始还有争议，后来全国人大批准成立航天部，"航天"就成了通行的叫法。

"导弹"这个词，也是钱学森发明的。任新民说：20 世纪 50 年代时有人叫"控制系统"；钱学森发明"导弹"这个词，许多人不赞成。但后来也都这样叫，因为"导"字的确很传神。

将来搞火箭导弹恐怕还是要靠计算机

有一段时期，用液氧和煤油做发动机燃料，是国外热门的研究方向。但钱学森认为，对于战场上使用的导弹，这种方案不实用："液氧要现装。如果提前装进去，发射时容易漏完。"按照钱学森的意见，中国导弹使用偏二甲肼和四氧化氮作为发动机燃料。

任新民说："美国和苏联由于液氧实验不成功，改走了偏二甲肼和四氧化氮的路线。这是我们后来才知道的。"

钱学森的深谋远虑，令许多人折服。火箭发动机专家鲍克明回忆说："我学的是冲压发动机，钱老有次跟我讨论。他认为，对于速度 4 倍于音速的导弹，煤油还可以；如果速度更高，煤油的热值就不够了，需要加高能燃料。"在钱老的指示下，鲍克明去国防科工委申请材料做实验，好给未来打下基础。

几位老人都提到，钱学森说过："将来搞火箭导弹要靠计算机。"著名空气动力学专家庄逢甘说："记得有一次苏联专家访华，我想向他们要更大的风洞。但钱老说：'将来恐怕还是要靠计算机，导弹速度一高，要在地面模拟高温系统，风洞要做得很大，不大好办。'当时我还不太理解。"在钱学森的指示下，中国的计算机模拟实验工作开展得很早。如今"数字风洞"的发展证明钱老的判断是对的。

许多人都提到，钱老看到国外一些新的技术进展，会提醒别人注意。飞行器控制技术专家曾广商曾在"文革"时接到钱老的通知——有关专业要关心射流控制技术。后来证明，这一新技术的掌握，有助于多种型号导弹的研制。

任新民回忆说，"文革"时有一次，钱学森听说国外发展核反应堆，还主动去找钱三强讨论，在纸上给钱三强画反应堆和稳定棒。

小数点后为什么有四位

20 世纪 70 年代末，中国第一次潜射实验前，要先确定落弹范围。"定大了，人家会笑话；定小了，打不进去出洋相。"航天科技集团科技委原副主任沈新荪回忆说，为这事大家研究了好几个月，钱老经常听取汇报。

有一次开会，当汇报到一个地理数据时，钱老打断说："这个数据，小数点后为什么有四位? 这四位是怎么出来的?"

大家这才想到，以当时有限的遥感测量能力，数据都不够精确，小数点后四位根本没意义。钱老敏锐地发现了这一点。

任新民评价说："他不是一个只懂理论的科学家，他很讲求实际。"

任新民 20 世纪 50 年代初在国内参照钱学森的书试制导弹。书里提到用沥青等材料做固体火药。但始终不成功。

钱学森回国后两人见面，任新民提出了问题。钱学森回答："沥青是混合物，不是所有沥青的成分都一样。"一言让任新民开了窍。

回国第二天就去天安门向国旗鞠躬

中国空间技术研究院科技委原主任屠善澄比钱学森晚回国半年，跟钱学森同住在中关村。钱学森跟他聊天时说："你呀，回了国，要把国外的思路换个样子。要千方百计为国家服务，研究透了，就要去做。"

钱学森问屠善澄想做什么，屠善澄说教书。钱学森回答道："有比这个迫切的事。"

后来，钱学森筹建自动化研究会，请屠善澄来当秘书。一次，屠善澄代表钱学森出国去参加国际自动化大会。钱学森嘱咐他，千万不要上东德西德问题的套——当时两家都要参加自动化协会，怕有人借此提出两个中国。

"其实这个时候我们对'一个中国'的提法，还没那么强调。"屠善澄说，"他就和我打了这个招呼。我没犯错误。回来汇报，他很高兴。"

"他回国后，第二天就带全家去天安门广场向国旗鞠躬。"原航天部政治部主任马云涛说。钱学森是如此爱国。

庄逢甘说："他常讲'外国人能的，我们也能'。他这种不服输的劲头，对队伍是一大促进。"

100 多新来的大学生，他挨个看望

1957 年，钱学森随中国军政代表团来到莫斯科。鲍克明代表学习航天的留苏学生，请钱学森去做报告。

钱学森告诉 30 多个留学生：一要把基础学好，因为这是管长远的。二是要注意学习导弹的具体技术特点，苏联二战后就从德国取得了很多火箭工作的成果。报告完了，夫人蒋英还送给学生们两筒龙井茶叶。这次交流鼓舞了留学生们，这些人后来许多成为钱学森的部下。

对于青年，钱学森总是格外和蔼、平易近人。沈辛荪记得，20 世纪 60 年代自己在总体设计部时，钱老给年轻人机会，允许每人每星期去他办公室一次，讨论解决不了的问题。大家进去时惴惴不安，怕他这个大名人批评。但钱老总是用温和的、商量的语气说："你这个思路换一换好不好?"他并不包办，只是启发，让年轻人独立思考。

沈辛荪还记得："刚到国防部五院报到时，钱老到宿舍，一个个看望 100 多个刚分配来的大学生。"

把写自己的报道扔在桌上

"钱老淡泊名利的态度,值得大家学习。"原航天部 710 所副所长于景元 20 世纪 90 年代曾与钱老合作办讨论班,他谈及了自己亲历的一件事情。当时有位新华社的女记者找到他,提出希望为钱老写传记。当于景元向钱老征求意见时,钱老突然站起来,表情非常严肃:"于景元,你就把讨论班做好,人这辈子做了什么自有定论。我还活着,不要写。"于景元当时没有任何思想准备,被弄得很尴尬。

于景元还听说了这样一件事:一名记者写了钱老的相关报道。他刚递给钱老,钱老就顺手扔在了桌子上:"我还活着,写它干吗?"

火箭系统控制专家梁思礼有一次筹建学会,想请钱老题词。到了钱家,夫人蒋英出来迎接,钱老一直没出来。因为蒋英和梁思礼有世交,两人聊了聊家事,梁思礼就走了。一两天后,钱老捎信向他道歉。

"他从来不题词,怕拒绝我,让我尴尬,所以不出来。"梁思礼说,"他做人就是这样到位。"

(摘自《科技日报》2009 年 11 月 5 日)

"海稻"来啦！86 岁的袁隆平仍在改变世界

佚　名

袁隆平，被誉为"杂交水稻之父"。他不仅为解决中国人民的温饱和保障国家粮食安全做出了贡献，更为世界和平和社会进步树立了丰碑。

2016 年，袁隆平已经 86 岁高龄。在本该"颐养天年"之龄，他依然奔走在田野中，做着自己的"禾下乘凉梦"。就在最近，袁隆平再一次向世界发起了挑战——种出"海水稻"，增产粮食 500 亿公斤，多养活约 2 亿人！

2016 世界生命科学大会 11 月 1 日在北京国家会议中心召开。袁隆平介绍了正在探索种植的"海水稻"。据了解，青岛市日前成立了"青岛海水稻研发中心"。这是国内首个国家级海水稻研究发展中心，袁隆平担任该中心的主任和首席科学家。该中心计划在 3 年时间内，实现海水稻种植亩产突破 200 公斤的目标。

而袁隆平希望未来能够培育出亩产 300 公斤以上的海水稻。之所以定下这个目标，袁隆平说：种水稻需要施肥、灌水、治理病虫害，这些都需要成本。目前海水稻产量不高，亩产只有 100 公斤左右，是半野生状态。农民种了连成本都收不回，积极性自然不高。但如果能提高到亩产 300 公斤，种海水稻就划得来了。

袁隆平说，目前在青岛的海水稻实验仍在推进，未来期望能够用更咸更碱的水灌溉。"全国有十几亿亩的盐碱地没种庄稼，还有几千万亩的滩涂，如果利用起来，全国推广一亿亩海水稻，每亩 300 公斤，将增收 300 亿公斤，相当于湖南省全年的水稻产量。"袁隆平认为，海水稻很有发展前途。

"种海水稻就划得来了。"一句最朴实的话语，说出了袁隆平的科研之道——让科技发展成果真正惠及人民。袁隆平在泱泱稻田中一次又一次挑战人类粮食历史的奇迹，成就了最平凡的稻谷。

殊不知，稻谷飘香中，袁隆平自己早已成为了另一个奇迹。

敢于颠覆世界权威

1972 年的夏季，如果你路过湖南安江农校的一片四分水稻田，就有机会看到这样一幕：一个又黑又瘦、不起眼的年轻人，赤脚蹲在稻田里。他的眼睛里有藏不住的喜悦，一脸敬畏地拨弄着这些稻穗。

比起周围的水稻，这一片显得格外不同：一尺多的高度，七八个分蘖——杂交稻的优势，已经开始显露。但一到收获季节，年轻人就傻眼了。谈起这一次失败，年过八旬的袁隆平自己都觉得是个笑话："稻谷减产了 15%，稻草反而增长了 70%。"

有人奚落他："可惜啊，人不吃草，不然你这个杂交稻就大有前途了。"

他不是没有失败的经历：最初搞无性杂交，闹了许多笑话；搞小麦，没前途；搞红薯，感觉是个搭头。"一个偶然的机会，老天爷在我面前摆了一株特殊的水稻。"他有了研究杂交水稻的念头。

这个念头当然是荒诞的、非分的，因为他的设想与传统的经典遗传学观点相悖。美国著名的遗传学家和哈佛大学的教科书，都曾明确指出水稻杂交无优势。

袁隆平的研究课题一提出，就遭到某些权威学者的反对乃至嘲笑，第一次尝试的失败，加剧了这种状况。当时农校的管理层一度就是否要继续研究而发生争议。

"杂种优势，是生物界的普遍现象。"袁隆平郑重地跟反对者辩解，"现在争论的焦点是水稻有没有杂种优势，我现在用试验证明了有优势。这种优势表现在了稻草而不是稻谷上，是技术问题。我们今年配种不当，只要改变配种，优势就能发挥在稻谷上。只要方向没错，不怕到不了彼岸。"

第二年，杂交稻品种组合改进，比常规水稻增产了30%，杂交稻种植的大门从此打开。

解决了 5 亿人的吃饭问题

从 1964 年发现"天然雄性不育株"算起，34 岁的袁隆平和各地的科研小组整整花了 6 年时间，每年两季先后用 1000 多个品种，做了 3000 多个杂交组合育种实验，仍然没有培育出不育株率和不育度都达到 100% 的不育系来。

如今说起研究杂交稻的体会，袁隆平说，杂交稻不是谁都可以研究的，他总结出必备的四个条件：知识、汗水、灵感、机遇。他说，知识是基础，其次是要付出辛苦汗水，书本和电脑里面种不出水稻。灵感，同等重要，增加思想火花，往往触景生情。发现"野败"（野生雄性不育株）是种机遇，这是偶然，也是必然，机遇总是垂青有心人。

1975 年冬，国务院做出了迅速扩大试种和大量推广杂交水稻的决定，此后 10 年，全国累计种植杂交稻面积达 12.56 亿亩，累计增产稻谷 1000 亿公斤以上，增加总产值 280 亿元，取得了巨大的社会效益和经济效益。

20 世纪 90 年代后期，美国学者布朗抛出"中国威胁论"，撰文说到 21 世纪 30 年代，中国人口将达到 16 亿，到时谁来养活中国，谁来拯救由此引发的全球性粮食短缺和动荡危机？

1995 年 8 月，袁隆平郑重宣布：我国历经 9 年的两系法杂交水稻研究已取得突破性进展，可以在生产上大面积推广。正如袁隆平在育种战略上所设想的，两系法杂交水稻确实表现出更好的增产效果。

据不完全统计，全世界有 22.5 亿亩水稻，2013 年中国的杂交稻在印度、越南、菲律宾、美国、巴西等国家推广的面积有 9000 多万亩，平均亩产量比当地优良品种高出 260 斤左右。如果世界上有一半的稻田种上杂交稻，所增产的粮食按平均每亩增加 260 斤计算，可以多养活 5 亿人口。

名满天下，却仍然专注于田畴

自 1981 年袁隆平的杂交水稻成果在国内获得新中国成立以来第一个特等发明奖之后，从 1985—1988 年的短短 4 年内，他又连续荣获了 3 个国际性科学大奖。

1999 年中国科学院北京天文台施密特 CCD 小行星项目组发现的一颗小行星，被命名为"袁隆平星"，袁隆平 2000 年度获得国家最高科学技术奖，2006 年 4 月当选美国国家科学院外籍院士，2010 年荣获澳门科技大学荣誉博士学位。

国际友人称颂这位"当代神农氏"培育的杂交水稻是中国继指南针、火药、造纸、活字印刷之后，对人类做出的"第五大贡献"。

面对接踵而来的荣誉，袁隆平却没有把它们放在心上，而是仍然专注于田畴。如今 86 岁高龄的袁隆平依然亲自下地做实验，他说："至于荣誉，我认为它不是炫耀的资本，也不意味着'到此为止'，那只是一种鼓励，鼓励你向更高的目标攀登。"

袁隆平曾谈到了自己的中国梦："我的梦想很简单，我做过两次梦，一个是禾下乘凉梦。我的梦里水稻长得有高粱那么高，籽粒有花生米那么大。"

"我的另外一个梦想就是希望我的亩产 1000 公斤早日实现，实现了以后还有没有更高的目标呢？我希望培养一些年轻人向更高的 1100、1200 公斤来奋斗。这就是我的梦，为我们国家的粮食安全做出我应有的贡献。"他说。

这就是一个 86 岁中国人的故事，袁隆平在田间弓腰的身影就是最好的"励志鸡汤"。老骥伏枥，志在千里。自古以来的中国硬气在袁老身上得到了最好的诠释。

年青的一代有袁老这样的人为榜样，奋发图强，中华民族伟大复兴的中国梦就一定能实现!

（摘自中国青年网微信公众号）

"复兴号"实验：350公里时速下倒立矿泉水瓶不倒

佚 名

我驾"游龙"飞驰南北

时速350公里是什么感觉？"复兴号"司机刘伟也许最有发言权。日行千里，朝发朝至，在高铁速度的不断刷新之下，"他乡"已不再遥远，真正实现了"天涯若比邻"。从时速100公里的电力机车到时速350公里的"复兴号"，刘伟见证了中国铁路的跨越式发展过程。

首次驾驶"复兴号"没敢挪地方

朝辞南站彩云间，千里金陵一日还。来去匆匆，日行千里，这是"复兴号"司机刘伟的日常。

在北京南站巨大的穹顶下，旅客们利用发车前的间隙，纷纷掏出手机和身后崭新涂装的 G1 次动车组列车自拍。"复兴号"是由中国铁路总公司牵头组织研制的、具有完全自主知识产权的中国标准动车组。自从它亮相京沪高铁以来，刘伟已经习惯了这样的场面。

上午 9 时整，刘伟推动操作手柄，列车缓缓驶出北京南站。这时，旅客们开始掏出手机连接列车上的 WiFi，有的旅客则放下座椅靠背准备酝酿一场小憩。还有的人拿出矿泉水，把瓶子倒立着放在窗户旁，看瓶子会不会倒。自从"复兴号"第一天投入运营以来，就有人在车上做这个"著名"的实验。在 350 公里的时速下，倒立的矿泉水瓶始终稳稳当当。刘伟还清楚地记得第一次驾驶"复兴号"时的情形。那是"复兴号"投入运营的首日，他驾驶列车从北京南站到济南西站。虽然之前进行过上车培训试验，但试验行车和实际运行毕竟有所不同。他自嘲当时还是有些紧张，整个人坐得倍儿直，眼睛直勾勾地看着前方，手放在操作杆上都没敢挪地方，结果到站后手都麻了。

常年行车练就"火眼金睛"

"高铁要求安全、正点、平稳，早一分或者晚一分都不行。"司机坐在驾驶室里，远没有旅客那样惬意。在列车运行的几个小时里，司机的精神要高度集中，既要看路轨，又要瞭望上方接触网的状态。常年的行车任务中，刘伟和他的同事们已经练就了一双双"火眼金睛"。"京沪线上每一个山头、每一座高楼我们都认识。有时候，我们一看外面的树，就知道到哪儿了。"

毫不夸张地说，每个列车司机都是半个地理老师。京沪高铁沿途要经过华北平原、泰山山脉，还要横跨黄河和长江，这些都深深印在了列车司机的脑子里。G1 次列车的终点是上海虹桥站，刘伟的目的地则是南京南站。按照规定，连续驾驶不能超过 4 个小时，而"复兴号"跑完京沪全程最快需要 4 小时 28 分钟，于是南京南站就成了北京机务段司机最远能到达的车站。

习惯了便捷的旅客们并不知道，在南京南站，北京机务段和上海机务段的司机会有一次交接。整个交接的过程非常短暂，必须在 2 分钟之内完成。

（摘自《北京晚报》2017 年 12 月 28 日）

"海牛"是怎样牛起来的

——科学家万步炎与深海钻机的故事（上）

唐湘岳　曾晓蓉　尹　承

"海牛"不是牛，是一台深海钻机。

"海牛"很牛。3000多米深海海底，高压、无光、地形复杂。"海牛"可以沉稳着陆，还能再往海底岩石钻进60米，取出岩芯，供科学家解析深海矿藏的各类"密码"。

"海牛"，刷新了我国深海钻机钻探深度纪录。在它之前，全世界也只有美国、德国、澳大利亚的深海钻机可以做到。

2015年10月以来，记者多次前往"海牛"的老家——湖南科技大学采访。

是谁让"海牛"这样牛呢？我国深海钻机第一人、"海牛"项目组首席科学家万步炎浮出水面。

一、"海洋梦就是我的中国梦"

追溯"海牛",不得不从万步炎这个内陆农村的放牛娃说起。

1964 年,万步炎出生在湖南省华容县农村,父母都是孤儿。外公彭明早年参加红军,担任过湘鄂西苏维埃政府七县巡视员,1932 年在洪湖作战中牺牲,年仅31 岁。

1985 年,万步炎从中南矿冶学院研究生毕业,分配到长沙矿山研究院工作,正值我国海洋勘探开发起步时,万步炎第一个报名加入新成立的海洋采矿研究室。

国际海洋勘探开发技术日益突飞猛进,而我国的却严重落后。惶惶不安,这个感觉,在万步炎前往日本开展合作研究时尤为强烈。

1992 年,受邀前往日本开展海洋技术合作研究,万步炎眼界大开,如饥似渴,恨不得一头扎进蔚蓝深海探个明白。

他受刺激了。

日本同事说:"你很优秀,可惜你们国家海洋技术研究整体实力不行。"

刺,扎进心里,扎出一句诺言:"总有一天,我们要超过你们!"

在 2000 年以前,我国没有属于自己的深海钻机。海底富钴结壳资源勘探只能靠大面积海底拖网,耗时耗力不说,还只能在海底不确定地点采到一些表层样品。

租。1999 年,中国大洋矿产资源研究开发协会(以下简称"大洋协会")花重金从国外租来了一台深海钻机,结果一个样品也没取到。租这条路,行不通。

吃了亏,大洋协会决定全力支持研制深海钻机。万步炎率团队报名,终以最优方案中标。

2003 年 8 月,万步炎团队研制的第一台深海浅层岩芯取样钻机诞生,成功在海底下钻进 0.7 米,取出第一个样品,开启了我国深海钻机的历史。

继续攻关。2 米、5 米、20 米,万步炎团队研制的系列钻机在太平洋底钻进了1000 多个"中国孔"。2007 年,万步炎获国家科技进步二等奖。他还为"蛟龙号"7000 米潜水器量身订制了海底硬岩"岩芯取样器"。

南海，晴空万里，碧波浩瀚。一个名叫"海牛"的家伙缓缓入海，没进深蓝。它身高5.6米，体重8.3吨，钢质构造，橙黄色，八边形。较国外同样钻进深度钻机，"海牛"要轻2—3吨，作业时更灵敏；八边形的外形结构，也使收放更加便捷。2015年6月11日，"海牛"成功海试，钻进深度达60米，深海钻机技术又迈出一大步，跻身世界前列。

万步炎的画外音——

小时候，我喜欢听关于外公的故事。外公出生在有钱人家，可他爱国爱民，不贪图享受，毅然参加革命，直到英勇牺牲。我工作之后，走过很多地方。在国外走得越多，感受越强烈：我是中国人，必须为国家做点什么。祖国强盛了，中国人才能真正挺起胸膛。

作为一个科学家，应该这样想：国家每一个落后于别人的地方，都是我们努力的方向。

走出陆地，走向深蓝，海洋梦就是我的中国梦！"海牛"下一个目标是220米，满足可燃冰等多种海底深部矿产资源勘探的钻进深度。

二、"时间，是我们在海洋争夺战中取胜的关键呀!"

"请再给我几分钟！"通过对讲机，万步炎向船长恳求。

2015年5月20日20时，台湾海峡，大雨，七级风，巨浪不断向科考船涌来，船体剧烈摇晃。

甲板上，万步炎和丹麦技术人员金尼斯加紧调试绞车，准备"海牛"收放试验，测试绞车升沉补偿功能。

据气象预报，风浪还会增强。船长要求尽快返航。

万步炎比船长更急。

"海牛"靠绞车提供牵引动力。海底钻孔时，"海牛"位置必须固定。但海上环境复杂，靠动力定位的科考船容易颠簸、位移。绞车的升沉补偿功能，可以降低船只颠簸对"海牛"的影响。

与"海牛"配套的绞车从丹麦进口。调试必须由金尼斯指导完成。

一旦返航，科考船什么时候再出海？丹麦技术人员什么时候再来？"海牛"等不及。

"大家继续干！"万步炎的声音穿透风雨海浪！

绞车收放实验终十完成，科考船在风雨中紧急返航。

抢时间的故事不止这一个。

2008 年，两米海底浅孔岩芯取样钻机项目在南海结题验收。为突破钻机水下供电技术瓶颈，项目组决定采用铠装光电复合缆向海底钻机进行大功率供电和光纤通信。这条电缆，电压高达 3300 伏。

第一次使用这种高压电缆，大家没经验，心里忐忑。

"停，快停下来！"钻机下潜到 1000 米，突然有人喊。

绝缘值时高时低。这意味着随时有漏电的可能，危险一触即发。

万步炎拔腿冲向绞车间，发现在绞车和铠装高压电缆连接处使用的是普通绝缘胶带。

"问题在这。"万步炎确定，电工紧急抢修。问题解决，申请继续试验。考虑到第一次使用这条电缆，海试验收专家组反对。

第二天"大洋一号"就要返航，下次海试得一年后。万步炎不甘心，据理力争。

终于，钻机着陆海底，下钻两米，成功取样，万步炎又抢回一年。

为了抢时间，万步炎和团队在船上工作经常白天连着黑夜，几十个小时不沾床。实在困了，他们就在甲板上躺几分钟，找个矿泉水瓶子当枕头。

深海 3000 多米处，24 根钻杆像左轮手枪的子弹一样排列在"海牛"腹部的圆盘上。圆盘旋转，机械手取杆上膛，钻进岩层，然后再接入下一根。"海牛"每接一根钻杆的时间是两分零四秒，钻进岩芯 60 米，只需约 20 个小时，国外同类钻机得花四五天时间。

在换杆时间上，咱们的"海牛"领先。

万步炎的画外音——

海上的时间蛮"贵"的。科考船海上工作一天，光油费就要近二十万元。国家投入的科研经费有限，要精打细算。时间就是金钱，必须抓紧。

根据《联合国海洋法公约》，公海资源归全世界共同使用。遵循谁先投资勘探，谁就具有优先开发权的原则；谁能力强，谁就能在未来竞争中掌握话语权。有实力的大国在向海洋进军，尤其是深海资源勘探，争夺越来越激烈。时间，是我们在海洋争夺战中取胜的关键呀！

（摘自《光明日报》2016 年 2 月 3 日）

"海牛"是怎样牛起来的

——科学家万步炎与深海钻机的故事(下)

唐湘岳　曾晓蓉　尹　承

三、"失败不可怕，可怕的是怕失败"

在水深大于3000米的海底，一个指甲大小的面积就要承受300公斤的压力。钻机如何承受如此高压？

海底地形复杂，岩层有的硬，有的软。钻机怎么钻取岩芯，保证样品的精确性？

海洋深度20米以上，是鱼类和珊瑚的领域；再往下，阳光逐渐被水折射后消失，一片黑暗。钻机靠什么来"看见"？怎么执行"命令"？

困难如海浪。

国外技术封锁。万步炎和他的团队顽强面对。

供电难排第一。2000年研制我国首台深海钻机时，国内没有可向海底设备提供动力电的脐带缆，只能采用电池供电。设备功率越大，所需电池越多，一般电池无法承受高压。万步炎决定用耐压筒组装，形成与陆地等同的内部环境。

麻烦的是，一个耐压筒就是几百公斤。要装上全部电池，需六七个耐压筒，钻机体重超标，操控极为不便。万步炎将电池改造成耐高压、可浸油的电池，不再需要耐压筒。

问题又出现了：在钻机下海前，要将数百节电池组装起来，需要四五个小时，如果一节出问题，就得全部拆卸，重新组装。2003 年，国内科考船上终于装备了铠装光纤动力复合电缆，但由于对其性能不了解，没人敢第一个使用这根缆。直到 2008 年，万步炎第一个"吃螃蟹"，在研制两米钻机时，决定启用铠装光电复合缆，通过甲板供电，问题迎刃而解。

钻进取样，是深海勘探的主要目的。

"海牛"支腿伸出，扎进岩层，沉稳着陆，三种不同类型的钻头有序钻进，应对自如。既可取硬岩岩芯，也可取海底沉积物，还可进行原位探测。而这种多功能钻头，是万步炎团队的首创，目前国外无此项技术。

钻进后需要把岩芯样品取出，用于检测。按照传统的提钻取芯技术，孔底岩芯管装满之后要将钻杆一根根收回，取出末端钻具内装满的岩芯管，换一根空岩芯管，重新拧接，继续钻进。在钻进深度 20—30 米以内，这样的技术问题不大，但超过这一深度，完成一次作业，时间长达好几天，绝大部分时间都花在了接卸钻杆上。海上工作，时间宝贵。而且，每次提放钻具都会对孔壁有破坏，上部孔壁岩石可能会掉落孔底，被再次取回，造成样品混淆。

面对难题，万步炎钻进技术的深孔。自动遥控绳索取芯是万步炎最后找到的答案，是穿透黑暗的阳光。使用这一技术，钻进 60 米，钻杆只需要接卸一次，完成一次样品提取只需约 20 个小时，对孔壁损坏小，取样质量和精度高。在国内深海钻探领域，万步炎团队第一个成功研发此项技术。

钻机的下放回收关系到钻机的安全。

科考船上通常配备可满足小型、轻量钻机的通用收放设备，一般只允许身高不超过 4 米的钻机以垂直的方式通过 A 形架，身高 5.6 米的"海牛"不适用。

万步炎团队精心设计、制作、反复试验……"海牛"终于用上了专属的机械化收放设备——国内目前唯一可下放重型海底钻机设备的收放系统。

"海牛"身上有四五十个传感器。这些传感器是"海牛"的"眼睛"，靠着它们传送信号至操控界面，就可得知"海牛"在深海的每一个动作。这些传感器，绝大多数是由万步炎团队自主研发的。

"一次深夜，我醒来看到书房的灯亮着。他出海回来，我一下子没认出是爸爸，瘦了，头发白了。"儿子万恒正说。

那是 1999 年，"大洋一号"赴太平洋科考，从国外进口一台原位测试仪，万步炎作为技术保障人员，第一次登船出海。

万步炎晕船，浑身乏力，反胃恶心，呕吐不止，躺在床上动弹不得。

"要干活，不能这样一直躺着啊。"万步炎支撑着爬起来，站一会儿，坐一会儿，摇晃着来到甲板上来回走，逼着自己吃东西，终于适应了。

如今万步炎每年都要在海上工作一两个月，成了真正的水手。

2005 年 4 月，环球科考行动，"大洋一号"在临近墨西哥湾时遇到台风。晚间，数十米高的巨浪嘶吼，如群山倾倒。万步炎索性走上甲板，看巨浪翻腾，听大海咆哮。

万步炎的画外音——

当时也怕，但风暴就在眼前，怕也没用，干脆体验一把。我想起高尔基笔下的海燕，让暴风雨来得更猛烈些吧！不怕挑战、敢于冒险是科研人员必备的素质。

科研就是发现，就是创造，就是走没人走过的路。有人问我："你每天做同样的事情，不会感到厌烦吗？"我认为，我每天做的，都是不同的事情。解决难题后的快乐是无法形容的。

有创新就会有失败。失败不可怕，可怕的是怕失败。我们就该像"海牛"的钻头一样，钻透一切困难。

四、"一个中国人是一条龙，无数中国人加在一起是一条翻江倒海的巨龙！"

"万步炎有个好团队，万步炎教授这个带头人发挥了设计师、指导员、战斗员的模范带头作用，他是这个团队的灵魂和核心。"湖南科技大学校长李伯超说。

放浮球是钻机海试时的重要环节，防止钻机下放时被缆绳缠住。这一工作需要团队成员彼此信任、默契配合来完成。

2015年6月9日，"海牛"移出收放平台，在绞车拉吊下缓缓入海。团队成员田勇、王案生背系安全绳分别站在缆绳两侧，站在船尾悬空处的支架上，脚下是2800多米的深海，项目组成员于心科教授从中间用左右手拽住两个人背后的腰带形成三角形支撑，让站在最前端的田勇、王案生正常施力，卡好接口再旋紧螺纹，一个半小时后，15个浮球顺利放完。

这样的默契是团队成员在多年的工作中磨合而成的。

"我对万老师的认识是从一句批评我的话开始的。"博士罗柏文告诉记者。

"你还是个博士呢！"当时罗柏文正在用万用表测试设备绝缘情况，一不留神，手指挨到了探针。手是导体，对数据精确度有细微影响。罗柏文没在意，万步炎却注意到了这个细节，当场严肃批评。

"在万老师眼里，博士和工人都是一样的，该做的都得做，不能有半点儿优越感，他要求我们做工人型学者，兼备理论和动手能力。他自己就是这样的人啊，从设计、编程到安装、焊接、测量，什么都会。如今我成熟了，还多亏万老师那么直接的提醒呢！"罗柏文笑着说。

"有一次出差，在飞机上，万老师突然问：'小金，动力头带钻杆下降拧钻杆下丝扣这一操控按钮下面的指令，如果手动操作怎么完成？'答案包括18个步骤。'海牛'操控界面，这样的按钮有几十个甚至几百个步骤，万老师全部记得，经常考我们。"说起万步炎，团队成员金永平博士很佩服。

"万步炎的时间表里没有白天黑夜和假期，电话24小时不关机。遇到问题，哪怕凌晨打过去，他也会接听，和你一起讨论，直到解决。"团队成员朱伟亚说。

"我是高中文凭，技术工人，1993年起就跟万老师一起在长沙矿山研究院工作。后来，湖南科技大学邀请万老师，而我学历低，不便引进。万老师坚持不能撇下我。学校打破框框把我也调进来。万老师说，我们是一个整体，要来一起来。"团队成员王案生说。

"海牛"完成海试，还有后续工作要做，听说田勇妻子病重，万步炎连忙"赶"出勇回去。随后多方打听，帮忙找好医生。王案生母亲去世，万步炎抽时间与团队成员赶赴衡阳奔丧，嘱咐王案生安心把家里事情办完再来上班。

团队成员家中有事，万步炎总是挤时间送去关心。但在自己家人面前，他却常常"缺席"。

万步炎提出陪妻子刘淑英回新疆看望岳父母。刘淑英是喀什人，结婚28年，万步炎只陪她回过三次娘家。这一次，才到乌鲁木齐，电话就来了，为了"海牛"出海的事，万步炎只好半路返回学校。

2005年，万步炎随"大洋一号"环球科考。临行前，刘淑英生病，要做手术，得有人照顾。万步炎陪不了，出发前，他给妻子深情拉了一首小提琴曲《阳光照耀在塔什库尔干》表达歉意。

万步炎出海了，儿子就将他发回邮件显示的地理位置，用五角星在家里的世界地图上作标注。五角星走世界，五角星代表中国——这是父子俩一种特殊的情感交流。

万步炎生活节俭，裤子破了洞继续穿。这份节省劲用在工作上，为国家节约了不少科研经费，但他对自己的报酬却并不在意。

1992年受聘到日本，万步炎月工资2500美元。1993年，他决定回国，对方极力挽留，提高待遇，而当时回国工资才200多元。万步炎选择了中国。

"'海牛'研发期间，有一些公司带着其他项目来找万老师合作，待遇优厚，他都拒绝了。可以说，在名利面前，他不会动摇，坚持自己正确的选择。"湖南科技大学党委书记刘德顺说。

2016年1月21日，"海牛"项目顺利通过科技部863计划海洋技术领域办公室组织的验收。

　　万步炎的画外音——

　　"海牛"的每一步成功，都是依靠团队的智慧、团队的力量。我们团队每一个人，无论是博士还是工人，地位都是平等的，价值都是一样的，我充其量就是那个把大家招呼起来的角色。有人说，一个中国人是一条龙，几个中国人加在一起是一条虫。我们当然要反思为什么这句话会流传，是不是我们确实缺少一些团结协作的意识、精神和氛围。我不信这个邪。一个中国人是一条龙，无数中国人加在一起是一条翻江倒海的巨龙！

　　"海牛"研发，时间紧，任务重，我不能分心。再说人这一辈子，一次也只能睡一张床，一天也只需吃三餐饭。国家、学校给我的待遇够好的了。

　　我们生活在一个最好的时代，思想最不受禁锢、最鼓励创新、最尊重人才的时代，我们有什么理由不做做我们的海洋梦、中国梦呢？不拼命让我们的"海牛"牛一把呢？

（摘自《光明日报》2016 年 2 月 3 日）

探测引力波：开放的中国傲立潮头

光明网评论员

2017 年 10 月 16 日晚间，美国国家航空航天局、欧洲南方天文台、南京紫金山天文台、英国科技设备委员会、法国国家科学研究中心等世界数十家科学机构联合宣布，从约 1.3 亿光年外，科学家们首次探测到双中子星并合产生的引力波及其光学对应体。

这次探测，是"此前从未观测到的"引力波新发现。自 2016 年 2 月位于美国"激光干涉引力波天文台"宣布于 2015 年 9 月 14 日首次直接探测到引力波至今，"引力波"这个对物理学界而言也属冷僻的词，已然热遍全球。本月初，三位探测引力波的科学家不出所料地获得 2017 年诺贝尔物理学奖。引力波的发现将为人类的宇宙探索开辟新途径。这也正如美国宇航局科学家、诺贝尔物理学奖得主约翰·马瑟所说："这对于天文学来说是巨大的发现，这个发现不仅仅是技术上的进步，也不仅仅证明了爱因斯坦理论的正确，实际上，这是我们在天文学上发现的全新的东西。"

人们自然会注意到，在这次世界数十家科学机构的联合探测行动中，中国南京紫金山天文台也在其列。不仅如此，在 LIGO（laser interferometer gravitational wave observatory——激光干涉引力波探测）科学合作组织的其他团队中，也有一些来自中国的科学家。可以说，中国在这次世界性的重大科学活动中不仅没有缺席，而且傲立潮头。

这一切，自然是中国改革开放的成果。没有 40 年前国门的开放，中国的科学家就走不出去，外国的先进科学技术就引不进来；没有开放，中国的教育就无所谓"面向现代化，面向世界，面向未来"，就无法培养出在世界科技发展大潮中的弄潮儿；没有开放，中国科学家就无法进入世界科技的前沿，中国就无法在科技发展上实现跨越式的追赶……

40 年间，中国以及中国科学家已经投身到世界科技发展的大潮中去。在此期间，中国科学家在一些领域取得了令世界瞩目的成就。当然，在当今世界相当多的科研领域，中国科学家还有待于深度参与和融合到科技发展的主流，还有待于立于潮头，引领发展。无论如何，以往 40 年中国以及中国科学家所取得的科技发展成就，既是中国开放的成就，又是进一步扩大开放的要求。保持开放、扩大开放，是中国科技继续快速发展的关键之一。今天有文章称，中国科研机构已与 49 个国家或地区的 91 个机构签署了合作协议或谅解备忘录；中国在国际科学合作网络中已上升为次中心位置，成为各种国际科学界学术会议的热门选会地址。

当今世代，开放已不仅仅局限在国家有形关口之开放，更在于思维意识心态之开放。以引力波探测的科学研究为例，如果没有开放的意识，就不会有国际合作的组织和行动，也不会有国际科学研究的互通与互利。实际上，当估量中国科学技术在 40 年间的发展变化时，开放是主导这一变化的最大函数：没有开放，就不会取得科学技术的跨越式发展。

开放所带来的还不只在于科学技术方面的进步，更在于开放所形成的冲力也直接促进了中国科研管理及其制度建设的改革。这些制度性的改革，大量借鉴了国外科研机构的管理方式和制度设计，释放了科技生产力，改进了科研方式方法，壮大了科技团队，实现了科研发展，增强了能力自信。

开放是自信之举。增强自信，扩大开放，是中国科学界实现跨越式发展的不二之选。开放、参与、融合、主导、引领，这就是过往 40 年中国科技发展的路径。

（摘自光明网 2017 年 10 月 18 日）

中国"入世印记"佑助全球共赢

傅云威

15年，足以让一个大国变得更加开放与自信。

15年前，中国加入世界贸易组织（WTO），加速融入经济全球化进程，从而开启了全球经济史上一段记载超越与繁荣的传奇。在外界看来，中国是全球化的"大赢家"。然而更值得注意的是，入世15年给这个东方大国留下的三个成长印记：开放、自强、包容。

正是这三个印记，襄助一个大国崛起为强国，向世人阐发中国奇迹背后的中国智慧与气量，持续为世界经济输出强劲动力，佑助全球合作与繁荣。

入世15年，留给中国的最显著印记当属开放。

加入世贸组织，无疑是中国融入世界的一个里程碑。过去15年，是中国向全球开放与世界共赢的15年。在这个过程中，中国深度嵌入全球价值链。更多中国企业突破旧体制藩篱，独立参与国际贸易与投资；更多境外企业得以进入经济新领域，在中国市场大展宏图。伴随更宽领域、更大范围的市场准入和开放，中国极大拓展了内外市场空间，促进国内外资源高效配置。

从狼来了，到与狼共舞，经过多年 WTO 多边机制的历练，在当今中国，遵守全球规则、国际惯例，与国际接轨，已成为社会普遍共识；熟知规则、会打国际官司，成为中国企业"走出去"的必备技能。可以说，在共识与规则之下，中国与世界距离空前拉近，开放度、融合度日益升级。

入世 15 年，留给中国的最深刻印记当属自强。

加入世贸组织是个双刃剑，利害相生，福祸相伴，得失相依。中国在享受世贸组织各种优惠待遇的同时，在法律法规调整、弱势产业保护、机构改革、外贸管理体制等众多领域也面临重重压力和挑战。

对此，中国政府没有退缩到保护主义的"螺蛳壳"中。相反，加入世贸组织以来，中国以极大的决心，持续推进机构改革、经济结构调整、国企改革，克服艰难险阻，付出巨大代价，推动市场经济日益成熟，法治社会渐趋定型。

入世 15 年，留给中国的最亮丽印记当属包容。

中国入世 15 年间，成为全球投资贸易安排的赢家。这固然得益于适逢经济全球化的"天时"，然而其决定性因素还在于中国决策层和企业家们海纳百川的包容性，这包括对新事物的接纳度，对新环境的适应性，对挑战的耐受力，对分歧与成见的通融度。

而今，伴随中国成为具有全球影响力的大国，这种包容度得到前所未有的升级与拓展。在世界经济复苏乏力的当下，全球政经舞台"黑天鹅"事件频出，欧美日等主要经济体保护主义倾向抬头。中国却呈现出显著的包容开放度，日渐成为凝聚共识、积聚力量、造就共赢的主流力量。

从提出"一带一路"倡议到力推互联互通，从筹建亚投行到编织区域全面经济伙伴关系协定……作为全球第二大经济体的中国，不仅有意愿，也有能力成为世界经济的"组局人"，积极担当全球治理的改进者、跨境产业合作的传递者、复杂交易的撮合者、国际资本技术要素的集纳者、南北合作的搭桥者，促进各国互利合作、扩大开放，促进实现更高水平、更宽领域的共赢格局。

此时此刻，中国的"入世印记"早已融入中国人的全球意识里，渲染在中外合作共赢的壮美画卷里，传扬在多元共生、互联互通的和谐乐章里。

（摘自新华网 2016 年 12 月 11 日）

中国崛起吹响海内外人才"集结号"

沈冰洁　郝斐然

　　最近，在美国加利福尼亚州读书的陈菲菲，进入回国倒计时。她于 2015 年赴美学习新闻专业，如今打算回国发展。

　　"我身边的多数朋友选择回国工作，我们都觉得中国目前发展潜力大、机会多。"2012 年赴美国俄亥俄州立大学求学的"90 后"小伙儿戴稼本说，能为祖国、为家乡的发展贡献自己的力量，是一件很开心、很自豪的事。

　　刘昊扬是中国侨联 2017 年推出的"新侨创新创业杰出人才"之一。2012 年，他创立了自己的公司，专门从事动作捕捉领域的科技研发。

　　几年来，刘昊扬率领优秀海归科研人员及国内工程师，完成了世界上第一个全无线动作捕捉系统、第一套可以同时捕捉身体和全部手指动作的实时动作捕捉系统，以及其他一系列产品的研发。

　　和他们一样，如今越来越多的中国留学生选择毕业之后回国工作。在他们看来，中国比以往任何时候都有吸引力。

2016 年，出国留学人数为 54.45 万人，较 2012 年增长 14.49 万人；回国人员总数为 43.25 万人，较 2012 年增长 15.96 万人。其中，逾八成留学人员学成后选择回国发展，学成回国与出国留学的人数"逆差"逐渐缩小。

法媒近日刊文称，中国历史上出现过两次留学生"归国潮"，分别发生在 20 世纪 50 年代初和 90 年代初。2008 年全球金融危机爆发以来，第三次"归国潮"便开始孕育。目前，中国正处于第三次留学生"归国潮"中，"海归"的拐点似乎已经到来。

那么，是什么因素令"海归"们纷纷回到祖国的怀抱呢？

首先，中国经济社会的迅速发展是吸引留学生回国的重要原因。各行业发展前景光明，各城市生活水平提升，让很多留学生坚定了回国的信念。曾有媒体这样表述："20 年前回国，是因为祖国需要我；20 年后回国，是因为我需要祖国。"

另一方面，中国近年来针对留学生推出的各项优惠政策也助推"归国潮"越来越猛烈。从著名的"千人计划"，到全国 300 多个助力留学归国人员创业梦的创业园，再到丰厚的科研经费、住房补贴……

祖国已经如此美好，有什么理由不回来呢？

在中国留学生归国数量大幅增长的同时，来中国学习的海外留学生数量也在迅猛增加。根据教育部数据显示，2016 年在中国留学的国外学生总人数为 44 万人，相较于 2012 年增加了 35%。

英国《独立报》刊文认为，中国政府做出的努力、中国教育水平的不断提高以及为攻读学位的留学生提供的奖学金项目，是造成这种趋势的部分原因。2016 年，来自 183 个国家和地区的 5 万名海外留学生得到了奖学金。

英国利物浦大学负责中国研究项目的戴维·古德曼教授认为，中国经济和就业市场都在不断增长，到中国留学的学生将在接触中国文化的过程中受益。

随着中国对国际化人才的需求增加，引进优秀来华留学人才也成为重要一环。2016 年 2 月，《关于加强外国人永久居留服务管理的意见》印发，其中放宽了外国优秀留学生在华工作限制，为其毕业后在中国境内工作和申请永久居留提供了渠道。2017 年 1 月，《关于允许优秀外籍高校毕业生在华就业有关事项的通知》，允许符合条件的优秀外籍高校毕业生无须有工作经历即可在华就业，为我国引进国际优秀人才进一步放宽了条件。

事实上，越来越多的来华留学生认为"在中国工作是个好选择"。除了看重中国企业的海外业务，不少来华留学生之所以想留下工作还因为"中国经济发展快、机会多"。

在第三次"归国浪潮"下，国家的崛起吸引了海内外人才。正是社会的高速发展，让所有人对中国抱有期待。

专家预测，未来 5 年，中国将迎来"进大于出"的历史拐点，中国将从世界最大的人才流出国转变为最主要的人才吸收国，逐步成为国际人才竞争格局中的重要一极。

（摘自新华网 2017 年 10 月 21 日，有删节）

开国大典天安门寻访记

梁天韵　卢国强

　　"下午三时，天安门。共和国中央人民政府成立典礼，阅兵，人民大游行。"
诗人胡风在 1949 年 10 月 1 日的日记里写道，"时间开始了。"

　　时间开始于天安门城楼上的一声宣言。"中华人民共和国中央人民政府今天
成立了！"毛泽东浓重的湘音震动了全世界。

　　如果说 1919 年发生在这里的"五四运动"点燃了席卷全国的新民主主义革命
的火种，那么在 30 年后，在解放中国的道路上一路"赶考"的中国共产党人，在
这里向全国人民交上了自己的答卷。

　　"这也是党中央最终选择在天安门举行开国大典的原因之一。"天安门地区管
理委员会原副主任、《百年天安门》的作者贾英廷说。

　　就像这个曾经羸弱的国家，天安门城楼满目疮痍、百废待兴。贾英廷用手比
了比 1 米左右的长度："城楼上的鸽子粪、蒿草有这么厚。广场上 300 多个大坑，

东边垃圾堆了三层楼那么高。"

一个半月，仅仅一个半月，各界群众就完成了清理平整5.4万平方米广场、修缮天安门城楼主席台、修建升国旗设备、修补周边沥青石渣路边以及绿化的庞大工程。"这是新中国历史上第一个'北京奇迹'！"贾英廷说。

八面鲜艳的红旗在城楼大殿两侧迎风飘扬，朱红色的廊柱间悬挂着八盏直径八尺的红庆灯，重檐之间横贯着"中华人民共和国中央人民政府成立典礼"的大幅会标；城台正中门洞上方悬挂着新绘制的巨幅毛泽东画像，两侧悬挂着"中华人民共和国万岁""中央人民政府万岁"的宽大标语——这些崭新的符号出现在曾经是皇权象征的古老城楼上，焕然一新的天安门城楼迎接新时代的诞生。

1949年10月1日15时，中央人民政府秘书长林伯渠宣布典礼开始。毛泽东主席宣告新中国成立，天安门广场沸腾了；第一面国旗在《义勇军进行曲》和54门28响礼炮声中升起，天安门广场沸腾了；朱德总司令检阅三军，天安门广场沸腾了；30万群众浩浩荡荡游行，天安门广场沸腾了……

从天安门城楼东南侧国家博物馆四层的一个窗口，恰好可以完整地看到天安门城楼和广场的全貌。窗外，游人如织，长安街上车辆排起长龙；而窗内，正是"复兴之路"展览"开国大典"的篇章。透过这扇玻璃窗，历史与现实静静地对望。

"这里复原了开国大典时天安门城楼上的布置，话筒、礼炮都是当时的原件。"出生于1988年的讲解员董胤已经记不清自己多少次向多少人讲解过这段历史，但即使每天都要重复这样的工作，每次走到这里，看到复原的城楼、开国大典上升起的五星红旗，听到毛泽东的原音以及国歌，"心里的自豪感一下子就冒出来，声音都高了许多"。

这样的感受几乎每名讲解员都会有。"从前面一路讲解过来，都是丧权辱国、屈辱的历史，而走到这里，迎面就是'开国大典'，每个人都会有'精神一振'的感觉。"

而随着展览内容的推进，观众的情绪再难平静：恢复高考、改革开放、亚运会、"长征"火箭、奥运会、载人火箭返回舱……惊叹声在观众中不断响起。

对于中国人，天安门究竟意味着什么？

"天安门是……国家。"14 岁的北京市顺义区第十一中学初二学生王子妍，站在集体参观的同学队伍中，因为不能用语言准确地表达对天安门的感受而有点着急。

"我在天安门看到了中国 600 年的历史。""90 后"游客小梁说。

而在天安门工作了近 30 年的贾英廷，对天安门有一种特殊的情怀："它已经融入我的生活，我希望能通过自己的努力，继续把天安门的历史、文化传承下去，让更多的人了解天安门、热爱天安门。"

董胤说："天安门是起点，中国走向复兴的起点。"

（摘自新华网 2016 年 6 月 18 日）

珍藏半个多世纪的民主记忆

——寻访一届全国人大代表

夏莉娜

有生命就会有回忆，拥有回忆，人生才得以丰润，岁月才满溢诗情。值得回忆的人和事总是令人刻骨铭心地难忘。回忆，是为了在过去的美丽中寻找前进的动力，是为了走得更远。

1954年9月15日召开的、具有里程碑意义的第一届全国人民代表大会第一次会议，距今已60周年了。60年来，全国人民代表大会的发展历程和共和国一样，在阳光下成长，在风雨中前行。那么第一届全国人民代表大会当时的情况、代表们的精神面貌和心态是个什么样呢？让我们去追寻那些亲历者的足迹，打开他们尘封的记忆，倾听历史的回音，分享他们的快乐，展现全国人大初生时的甜美。

郭兰英：当选后竟然被热情的选民抬了起来

她是中国民族新歌剧的杰出代表人物。在中国，她的名字曾经是家喻户晓。她的歌从新中国成立前唱到新中国成立，从战争时期唱到改革开放的年代。她和人民代表大会有着深厚的渊源，曾当选为第一届至第三届全国人大代表，第五届至第七届全国人大代表。

郭兰英说，从 1953 年底到 1954 年，我参加了我国第一次全国普选，并在 1954 年当选为第一届全国人大代表。这一届选举及召开全国人民代表大会会议所产生的轰动是前所未有的，是具有历史意义的一个重大事件。那次普选是让全国上下人人都感到真正当家做主的一件大事。我觉着老舍先生在一篇文章中写出了我们大家的心声，他当时也被选为了第一届全国人大代表。老舍先生写道："当我一拿到那张红色的选票，我的心差不多要跳了出来，我的手心出了汗。我不知道怎样才好了！我本要跳起来欢呼，可是喊不出；我的眼圈儿倒湿了……轮到我去投票，我觉得出我的脸白了，眼圈更湿了！我愿多拿一会儿那张选票，热情地吻它。可是，我必须把它投入票箱里。我投了票，看看前后左右的人，他们的眼里也含着泪。"

郭兰英当选为第一届全国人大代表时，才 24 岁，在和选民见面时竟然被热情地抬了起来。

胡兆森：欢呼新中国第一部宪法诞生喊哑了嗓子

他在 20 世纪 50 年代从事热电、冶金许多大型工程建设，在鞍钢、本钢、首钢等国家重大工程建设中做出了重大贡献，被评为鞍山市特等劳模、全国劳模、全国先进生产者、全国青年社会主义建设积极分子，曾十多次获国家级、省部级奖励。他大学毕业参加工作才三年就当选为第一届全国人民代表大会代表，并在一届全国人大三次会议的大会上作了《向全国人民汇报》的发言，被誉为青年技术人员与工人相结合的楷模。

"第一届全国人民代表大会一次会议通过了新宪法，这是我最难忘的大事之一。当时我还写在了日记里。不过现在日记本在大纸箱里不好拿。记得在 1954 年 9 月 15 日会议开幕当天，我们就听取了刘少奇代表宪法起草委员会作的关于《中华人民共和国宪法（草案）》的报告。刘少奇的报告持续 3 个多小时，代表们对报告不断热烈鼓掌。从 9 月 16 日到 18 日，代表们认真讨论了宪法草案和刘少奇的报告。9 月 20 日，全体会上宣读修正过的宪法草案全文后，全体代表以无记名投票的方式进行了表决。那是一个激情燃烧的年代，那是一个重要的历史时刻，会场上每个人都非常激动，都兴奋不已，场面非常热烈。全场的代表都站起来，暴风雨般的掌声和欢呼声经久不息。《中华人民共和国宪法》在代表们的一片欢呼声中通过。大会通过宪法后，在回驻地的车上，我们仍然兴奋不已，欢呼不止。宪法的诞生也受到全国人民的热烈欢呼拥护，老百姓都自发地上大街游行，高呼着拥护宪法的口号。我们的车开得很慢，大家一路欢呼着回到驻地，我连嗓子都喊哑了。"

蒙素芬：热烈鼓掌手拍肿

她是一个从大山里走出来的布依族小姑娘，成长为新中国的高级领导干部。她参加革命 50 多年，以高原布依族儿女的执着、对党和人民的热爱，倾情投入妇女工作、农村工作和扶贫工作中，受到乡亲和老百姓的爱戴。

蒙素芬深思的眼神和平静的语调将我们带进了追忆之中："1954 年 9 月到北京参加全国人民代表大会第一次会议，我特别激动。第一届人代会第一次会议在北京中南海怀仁堂隆重开幕。在代表的热烈掌声中，毛主席宣布大会开幕。他在开幕词中说，这次会议负有重大的任务：制定宪法，制定几个重要的法律，通过政府工作报告和选举国家领导人……毛主席讲话的时候，大家热烈鼓掌，毛主席说的每一句话大家都觉得特别受鼓舞。我记得特别清楚，开完第一次大会，山东的代表郝建秀说她的手都肿了。她给我看她的手，鼓掌鼓得又红又肿。好多人都说手肿了。那时我们各民族人民对毛主席的热爱很难用一般的语言表达。会议期间，大家一有机会就想去和毛主席握手。大会工作人员给大家做工作，要大家不要都去和毛主席握手，说毛主席太累了。各个代表团也都一再强调尽量少跟毛主席握手，也是怕毛主席太累了。我最听话了，我没有去抢着和毛主席握手。"她笑着补充道："我个子小，也抢不到。"

孙孝菊：选举的时候用毛笔画选票

她是新中国铁路历史上的第一位女调度员，全国著名劳动模范，曾当选为第一、二、三届全国人大代表。1951 年，她担任火车调度员后，探索归纳出一套调度方法，不仅缩短了列车的停留时间，还能多牵引货物。"孙孝菊调度法"在全国铁路推广后，给国家节省资金达一亿五千多万元。当年，她被选为全国铁路劳动模范，受到朱德总司令的亲切接见。1958 年 5 月，她担任了沈阳火车站副站长，是新中国成立后第一位铁路女站长。

"我至今还清楚地记着作为人大代表的第一次选举，选举的时候是要用毛笔在选票上面画圈。每个代表好几张选票、一支毛笔，几个人用一个砚台。大家都感到代表人民选举国家领导人是多么重要。我因为平时不怎么用毛笔，也不太会使，还悄悄地先在其他的纸上练习着画了几个圈。选举是在怀仁堂的大礼堂中，主席台上面有一个投票箱，下面分好几个区，每一个区设一个选票箱。大家排队投票，第一排代表先投票，逐排再投票。监票员是从代表中选出来的，一个省选一个。我记得特别清楚，当时投票不像现在这么现代化，计票的时间也比较长。那天下午 3 点开始选举投票，之后就让大家先休息、吃饭，到晚上 7 点才召开大会公布选举结果。毛主席是全票通过的。"

（摘自《中国人大》2014 年第 21 期、第 23 期，有删节）

吴光祥　杨景宇　董成美　王汉斌

我国《宪法》为什么有序言

吴光祥

1953 年 12 月 24 日，毛泽东带领《宪法》起草小组的成员陈伯达、胡乔木、田家英乘专列离开北京，于 12 月 27 日夜来到风景如画的杭州。……毛泽东开列了 10 种中外各类宪法的书目，要求中央政治局委员和在京的中央委员抽时间阅读：（一）1936 年苏联宪法及斯大林报告；（二）1918 年苏俄宪法；（三）罗马尼亚、波兰、德国、捷克等国宪法；（四）1913 年《天坛宪法草案》，1923 年"曹锟宪法"，1946 年"蒋介石宪法"；（五）1946 年法国宪法……这也是中央最高层领导人第一次系统地学习法律。

毛泽东在广泛阅读和研究世界各类宪法的基础上，还着重学习和钻研了 1918

年颁布的《俄罗斯社会主义联邦苏维埃共和国宪法（根本法）》，以及 1936 年颁布的苏联宪法和斯大林《关于苏联宪法草案的报告》。此外，毛泽东还注意借鉴各国宪法好的方面。1918 年苏俄宪法，把列宁写的《被剥削劳动人民权利宣言》放在前面作为第一篇。毛泽东从中受到启发，决定在《宪法》总纲的前面写一段序言。有序言，是《中华人民共和国宪法》的一个特点，一直保持到现在。

（摘自中国共产党新闻网 2017 年 12 月 7 日）

1982 年《宪法》为什么要以 1954 年《宪法》为基础

杨景宇

编者按：

　　十届全国人大法律委员会主任委员杨景宇干了大半辈子的立法工作，参与制定或修改的法律数以百计，然而，让他印象最为深刻的还是 1982 年《宪法》的制定。

　　现行《宪法》是 1982 年 12 月 4 日由五届全国人大五次会议通过的。从形式上看，这部《宪法》是对 1978 年宪法的修改，实则不然，它并不是以 1978 年《宪法》为基础的，而是以 1954 年《宪法》为基础。为什么要以 1954 年《宪法》为基础？

　　1975 年《宪法》是在"文革"那段特殊历史时期制定的，它以错误理论指导下的错误实践为依据，受那段特殊历史时期"左"的错误影响，存在严重问题，可以说是 1954 年《宪法》的倒退。1978 年《宪法》虽然恢复了 1954 年《宪法》一些基本原则和主要内容，并增加了一些新的规定，但当时党还来不及领导全国人民对"文革"错误进行全面清理，不可能完全摆脱"文革"的影响，是存在严重缺陷的。因此，在党的十一届三中全会后，1980 年 9 月举行的五届全国人大第三次会议接受中共中央建议，决定全面修改 1978 年《宪法》，是完全必要的。

（摘自中国人大网 2017 年 12 月 7 日）

是"决定战争和和平",还是"决定战争与和平"

董成美

我是在 1954 年初从中国人民大学法律系借调到国务院政法委办公室的,但不久我又被借调到《中华人民共和国宪法》起草委员会。当时,我的直接领导是彭真和毛泽东秘书田家英,田家英当时也是中央政治局的秘书。

我国第一部《宪法》的制定时间是由 1953 年 1 月到 1954 年 9 月,共一年零九个月,是搞得很仔细的,是在充分民主基础上进行的。全民讨论中提出的意见和建议,党中央和毛泽东同志都是很重视的,并认真考虑的。……党中央和毛泽东同志对《宪法》内容和文字都是仔细推敲的,例如全国人大职权中有"决定战争与和平"一项,毛泽东主张把其中的"与"字改成"和"字。毛泽东说"与"字是文言文,鲁迅就很少用这个字,还是改为"和"字好,后来就改为"决定战争和和平"。

在 1982 年《宪法》草案的全民讨论中,也有人提出两个"和"字在一起不好,应把其中的头一个"和"改为"与"字,但考虑到当时毛泽东的意见是正确的,因此没有改。1954 年时,相关部门请文字专家吕叔湘推敲,他也认为"与"字改为"和"字好。

(摘自《法学》2000 年第 5 期)

邓小平同志亲自指导起草 1982 年《宪法》

王汉斌

修宪中有人提出,政协为上院,人大为下院。还有位领导同志提出,我们是不是可以参照苏联设联盟院和民族院的做法,按地区产生的代表组成一院,按行业界别产生的代表组成另一院。宪法修改委员会秘书处还在研究这个问题时,一位宪法修改委员会副秘书长到政协去作了关于两院制的报告。新华社有位记者对此很有意见，写了一个书面材料向我反映，我向彭真同志报告，彭真同志批给乔木同志，乔木同志批评了这件事。

对这个问题，起草五四宪法时就专门研究过，那时党中央就决定不搞两院制。这次重新提出来后，彭真同志认为还是按五四宪法的规定办比较合适，请示了小平同志。小平同志认为，还是不要搞两院制，如果两家意见不一致，协调起来非常麻烦，运作很困难。他还说，我们还是搞一院制，就是人民代表大会一院制，全国人大是最高国家权力机关，这样国家机构的运作就比较顺当。叶剑英同志对修改《宪法》提的意见不多，这次他特地讲了，一定不要搞两院制，不要把政协搞成上院。

小平同志还明确指出了政协监督与人大监督的不同性质。1980 年 9 月 27 日，他在为全国政协章程修改委员会第一次会议准备的一个文件中批示："不要把政协搞成一个权力机构。政协可以讨论，提出批评和建议，但无权对政府进行质询和监督。它不同于人大，此点请注意。"同年 11 月 12 日，他又在乌兰夫、刘澜涛同志的信上批示："原来讲的长期共存、互相监督，是指共产党和民主党派的关系而言，对政府实施监督权，有其固定含义，政协不应拥有这种权限，以不写为好。"这就阐明了人大监督与政协监督的不同性质，前者具有法律的约束力，后者不具有这种约束力；并且还明确指出政协不是国家权力机构，不是国家机构的组成部分。这对于我们正确认识我们的国家制度有重要意义。

（摘自《法制日报》2004 年 8 月 19 日）

国歌的故事与精神传承（上）

国歌展示馆

　　国歌，是代表国家的歌曲，是国家意志和民族精神的象征。中华人民共和国国歌《义勇军进行曲》，由田汉作词、聂耳谱曲，诞生于 20 世纪 30 年代中华民族生死存亡的危难时刻。新中国成立前，《义勇军进行曲》是中华民族反抗日本帝国主义侵略、争取民族独立解放的战斗号角；新中国成立后，《义勇军进行曲》又成为全国各族人民建设社会主义的强大精神动力。站在新的历史起点，每一次唱响这激昂的乐曲和歌词，对于弘扬爱国情怀、凝聚中国力量、传承中华文化精神，都具有重要的现实意义。

《义勇军进行曲》的诞生

　　上海电通影业公司——影片《风云儿女》在这里拍摄。"九一八"事变爆发后，民众抗日救亡的热情被激发，要求电影"猛醒救国"宣传抗日的呼声也日益高涨。1932年秋，夏衍、阿英和郑伯奇受党的派遣进入上海电影界。1933年3月，在中共中央文化工作委员会领导下，正式成立由沈端先、阿英等人组成的电影小组，实施党对电影工作的领导与影响。1934年春，电影小组建立左翼影片拍摄基地——电通影业公司。1935年初，电通影业公司从斜土路迁至原荆州路405号，在这里拍摄的第一部影片就是《风云儿女》，《义勇军进行曲》是该片的主题歌。

《风云儿女》拍了近3个月的时间，再加上剪接、洗印、录音等后期工作，直到1935年5月24日影片首映，历经4个月，一部以《义勇军进行曲》为主题歌的影片《风云儿女》就这样摄制完成了。

影片《风云儿女》表现的是"九一八"事变后，在国民党反动派统治下的知识分子从苦闷、彷徨中勇敢地走向抗日前线，在民族解放斗争中锻炼成长的故事，表达了全国人民一致要求抗日的强烈愿望。

田汉和聂耳共同创作《义勇军进行曲》。根据全国形势的需要，1934年秋天，在电通公司的一次会议上，田汉答应创作一部反映长城抗战的影片《凤凰的再生》，以支持共产党人占领的电通阵地。田汉在会上初步讲了电影故事的构思：即通过"凤凰涅槃图"的精神来反映流亡内地的青年诗人和农家女走上民族战场的故事，比喻中华民族像凤凰一样在烈火中得到再生。

1934年底，田汉对《凤凰的再生》又有了新的构思：即在凤凰涅槃图的情节线索外，突出青年诗人写作长诗《万里长城》的情节线索，并将电影片名改为《风云儿女》。后因"催稿甚急"，田汉只完成了故事梗概还来不及写完电影脚本，就因电通公司开拍日期的要求而向电通公司交稿了。原计划要写得很长的自由体诗《万里长城》只写完一节，而这就是我们的国歌《义勇军进行曲》的歌词。

1935年2月，田汉因宣传抗日而被捕入狱。田汉被捕后，电通影业公司邀请夏衍把田汉写的《风云儿女》故事梗概改写成电影台本，并交给导演许幸之进行拍摄。

对田汉等左翼文艺工作者的相继被捕，聂耳感到义愤填膺，同时也唤起了他的创作激情，当他得知电影《风云儿女》结尾需要创作一首主题歌时，就主动向夏衍请缨，要求担当《义勇军进行曲》的作曲任务。

聂耳是3月中旬拿到《义勇军进行曲》创作任务的，他在上海的霞飞路1258号3楼的居所内，以勇敢和智慧，倾注了生命的热情，谱写出雄壮的《义勇军进行曲》曲谱初稿。

就在聂耳完成《义勇军进行曲》曲谱初稿后不久，聂耳也被列入当局的黑名单。党组织为了保护和培养年轻且具有音乐才华的聂耳，决定派他出国学习，由日本转道欧洲。1935年4月15日清晨，聂耳从上海汇山码头乘"长崎丸"轮船赴日本。4月下旬，聂耳在日本将《义勇军进行曲》曲谱修改定稿之后寄回了电通公司，《义勇军进行曲》就这样诞生了。

《义勇军进行曲》一经面世，很快传遍大江南北、长城内外，成为中国各族人民反抗日本侵略者的高昂战歌，鼓舞着无数中华儿女用自己的血肉，筑成万众一心、团结御侮的新的长城。中华民族无数的优秀儿女，高唱着、呼喊着"把我们的血肉，筑成我们新的长城"，冒着日本侵略者的炮火，不惧流血牺牲，英勇冲锋陷阵，为挽救祖国和民族的危亡，誓与日本侵略者血战到底！

上海百代唱片公司——首版《义勇军进行曲》唱片在这里灌制。在今上海徐家汇公园内有一幢法式小洋楼，因为房子外墙的主色调是红色，所以大家亲切地称它为"小红楼"。这座位于徐家汇路1434号的"小红楼"就是上海百代唱片公司的旧址。上海百代唱片公司是当时中国最大的唱片经营和制造企业，曾制作过大量进步的爱国革命歌曲。

1935年5月初，在吕骥、任光等音乐家的鼓励下，电通公司的工作人员组成了一支七人合唱队。这支小小的临时合唱队里有盛家伦、司徒慧敏、郑君里、金山、袁牧之、顾梦鹤、施超，共七个人。经过短短几天时间的练习，1935年5月9日，时任上海百代唱片公司音乐部主任的任光，在其录音棚内，为电通公司七人合唱队灌制了首版《义勇军进行曲》的唱片，这张唱片的编号是34848b，上面有百代唱片公司独特的金鸡标识，唱片上的录音后被转录到影片《风云儿女》的胶片上。

（摘自《中国纪检监察报》2017年11月3日）

《义勇军进行曲》的传唱与影响

金城大戏院——影片《风云儿女》在这里首映。从 1935 年 5 月 6 日开始，上海各大报纸纷纷刊出《风云儿女》公映广告。《申报》上连日刊登的《风云儿女》公映广告对内容的描述有："绮腻温馨，诗和画的构想；可歌可泣，血与泪的结晶。乡土沦亡，投笔从戎，正义战粉碎了恋爱梦；疆场效命，舍身为国，志士血完成了民族魂。""这儿有动人的舞——是皮鞭下的挣扎舞！这儿有雄壮的歌——是铁蹄下的反抗歌！悲壮、哀愁、轻松、明朗，使你喜、使你悲、使你感奋、使你知道对祖国的责任！"

1935 年 5 月 24 日，影片《风云儿女》在上海金城大戏院（今北京东路的黄浦剧场）举行首映。由于《义勇军进行曲》集中地概括了《风云儿女》的主题，深刻地反映了当时全国各阶层强烈要求抗日救国的爱国主义精神，所以金城大戏院从公映《风云儿女》的第一天起，场场客满。《义勇军进行曲》这首主题歌就像一根导火索，点燃了人们心中的爱国热情。许多人为了学会这首歌，到金城大戏院一场又一场地观看《风云儿女》，不久就出现了电影院内银幕上下一起高声歌唱《义勇军进行曲》的动人场面。

《义勇军进行曲》传唱中的故事如下。

刘良模在国内倾力教唱《义勇军进行曲》。刘良模的贡献是在国内许多地方组织民众歌咏会，培养歌咏骨干，到学生、工人、军人中去教唱、推广《义勇军进行曲》。为了支持"七君子"在上海成立的全国各界救国联合会的工作，刘良模组织民众歌咏队，于1936年6月7日上午10时在上海市公共体育场举行了由5000多人参加的群众歌咏大会。刘良模站在一个两米多高的木梯凳上，指挥全场高唱《义勇军进行曲》等救亡歌曲，慷慨激昂。许多持枪的武装警察包围了会场，刘良模拿起话筒向警察喊话："弟兄们，我们都是中国人，我们都爱国，我们都不愿当亡国奴，我们今天唱的都是爱国歌曲。"说完又指挥大家继续唱歌。警察们的爱国之心随着雄壮激昂的爱国歌声燃烧起来，当全场高唱《义勇军进行曲》的时候，警察们已经同广大群众唱成一片了。

张学良在部队中指挥唱《义勇军进行曲》。1936年6月，在全国抗日情绪高涨的时期，张学良为了改造东北军，以适应抗日需要，在陕西省创办了"长安军官训练团"。一天，当张学良踏着月色走进学员们的窑洞时，里面传来了《义勇军进行曲》的歌声。无一日不在期望收复东北失地的张学良跳上土炕，指挥大家一起唱了起来，陕北高原响起了雄浑的歌声。张学良跳下土炕，挥动手臂说："我们要唱着《义勇军进行曲》去收复失地，重整河山！"他在继开办第一个干部连之后，又连续办了三期学员班。每个班都配置了留声机，课余时间用留声机教唱《义勇军进行曲》等抗日歌曲。张学良特别强调《义勇军进行曲》意义深刻，曲调激昂，军训团不仅人人都要会唱，而且回去要教会部队全体官兵唱。他认为唱好一首抗日歌曲胜过讲课，因此他和大家不止一次地齐唱《义勇军进行曲》。

　　美国歌唱家保罗·罗伯逊传唱《义勇军进行曲》。《义勇军进行曲》以雄壮的旋律吹响了抗日救亡的进军号角，抒发了中国人民反帝爱国、百折不挠的坚强意志和决心。抗日战争爆发后，这首歌曲在国内外广为流传。1941 年，美国著名黑人歌手保罗·罗伯逊不仅在纽约用中英文演唱了这首歌，而且灌录了一张名为《起来》的中国革命歌曲唱片，在美国发行传唱。宋庆龄还亲自为这张唱片撰写了英文序言。1949 年 4 月，在布拉格举行的世界和平大会上，保罗·罗伯逊用汉语演唱了《义勇军进行曲》，并灌制了唱片。1949 年 6 月，在莫斯科举行的纪念普希金诞辰 150 周年大会上，保罗·罗伯逊再次用中文演唱了《义勇军进行曲》。他还将演唱收入寄给了田汉，田汉又将钱寄给了聂耳的哥哥聂叙伦。

《义勇军进行曲》成为国家象征

　　1949 年 9 月 27 日，在中国人民政治协商会议第一届全体会议上，周恩来总理主持通过了《关于国歌的决议方案》，决定在中华人民共和国国歌未正式制定前，以《义勇军进行曲》为国歌。

　　2004 年 3 月 14 日，十届全国人大二次会议通过宪法修正案，规定"中华人民共和国国歌是《义勇军进行曲》"，宪法第四章章名改为"国旗、国歌、国徽、首都"。宪法第一百三十六条增加一款："中华人民共和国国歌是《义勇军进行曲》"。《义勇军进行曲》写入宪法有利于维护国歌的稳定性和权威性，能增强民众对国家的认同感和荣誉感。国歌入宪，也意味着《义勇军进行曲》作为国歌的地位同国家主权一样神圣不可侵犯。

　　每逢周一，路过中小学门口，嘹亮的国歌声总会按时响起，学生时代的升旗仪式和国旗下演讲已然成为无数中国人的青春记忆。但在我们的现实生活中，不尊重、不爱护国歌的现象屡见不鲜。随着社会的发展进步，关于国歌立法的呼声从未停歇，《国歌法》的制定出台刻不容缓。

　　2017 年，国歌立法程序正式启动。2017 年 6 月 22 日，十二届全国人大常委会第二十八次会议开始首次审议国歌法草案；2017 年 8 月 28 日，在十二届全国人大常委会第二十九次会议上，国歌法草案二次审议稿提请审议；2017 年 9 月 1 日，十二届全国人大常委会第二十九次会议第三次全体会议表决通过了《中华人民共和国国歌法》，自 2017 年 10 月 1 日起施行。

为国歌立法，有助于规范国歌的奏唱、使用行为，维护国歌的神圣与庄严；为国歌立法，有助于提高人们对国歌的认识，提升公民的国家观念和爱国意识；为国歌立法，有助于激发人们的民族精神和家国情怀，培育和践行社会主义核心价值观，激励中国人民为了中华民族的伟大复兴奋勇前进。

为了永远的纪念

为纪念国歌《义勇军进行曲》的诞生，上海市委宣传部和中共杨浦区委、杨浦区人民政府在电影《风云儿女》的拍摄地——杨浦区荆州路，联合建设了全国第一个以国歌为主题的纪念广场及展示馆，并于 2009 年 9 月 25 日落成开放。国歌展示馆分为上下两层，建筑面积 1450 平方米。全馆以国歌故事为主线，全面展示《义勇军进行曲》诞生、传播及其深远影响，通过实物陈列、场景再现、多媒体互动展示，生动演绎了《义勇军进行曲》从电影《风云儿女》的主题曲到成为中华人民共和国国歌的历程。

国歌展示馆自成立以来，先后被命名为"国家国防教育示范基地""全国科普教育基地""上海市爱国主义教育基地""上海党史教育基地""上海市廉政教育基地"等。2015 年，国歌展示馆光荣入选第二批国家级抗战纪念设施、遗址名录。在这里，一部电影、一首歌曲、一座雕塑，都能还原岁月的底片，唤起一段红色记忆，在人们的情感与国歌有关的故事之间搭起一座桥梁。《义勇军进行曲》将伴随着中华民族的伟大复兴不断激励人们前进！前进！前进！进！

国歌的旋律激昂振奋，它奏响的是一个饱受苦难的东方大国奋发图强的旋律，呼应的是一个唯一不曾断代的世界古老文明复兴的决心。今天，国歌不仅是弘扬爱国主义、民族精神的载体，更是讲好中国故事、发出中国声音的好题材。弘扬爱国主义，既要尊重国旗、国徽，也要唱好国歌。《义勇军进行曲》中所蕴含的"万众一心"的爱国主义精神，所表达的坚忍不屈的民族品格，在任何时代都必须弘扬，不断光大。

（摘自《中国纪检监察报》2017 年 11 月 3 日）

信仰的味道：陈望道首译《共产党宣言》

邹伟农

　　上海市档案馆 350 多万卷馆藏档案中，红色经典档案是其一大特色，其中尤为珍贵的是入选中国档案文献遗产名录的《共产党宣言》中文首译全本。被称为《共产党宣言》"姐妹本"的 8 月红色初版本和 9 月蓝色再版本，如今已极为罕见，而上海市档案馆同时藏有这两种珍本，堪称独家。

　　《共产党宣言》中文首译全本是中国著名教育家，新中国成立后复旦大学首任校长也是任期最长的校长陈望道翻译的。1919 年底，刚从日本留学回国不久的陈望道，在浙江杭州接到上海《星期评论》编辑部邀他翻译的约稿信和一本日文版的《共产党宣言》。他立即回到家乡浙江义乌县城西的分水塘村，开始秘密翻译《共产党宣言》。那时，他的家乡生活条件十分艰苦，又是寒冬连早春，天气非常冷，加之翻译所需的参考资料匮乏，他付出的精力要比平时译书的多数倍。经过几个月的潜心研究和辛苦忙碌，他依据《共产党宣言》日文版并参照陈独秀通过李大钊从北京图书馆借到的英文版，终于完成了全书的翻译。

习近平同志在谈到坚定理想信念时，讲过陈望道翻译《共产党宣言》时的故事。陈望道在翻译这本书时，他的妈妈为他准备了一碟红糖蘸粽子吃，后来问他红糖够不够，他说："够甜，够甜了。"当他妈妈来收拾碗筷时，却发现儿子的嘴上满是墨汁。原来，陈望道是蘸着墨汁吃掉粽子的。这就是信仰的味道，信仰的力量！

1920 年 5 月，陈望道接到《星期评论》编辑部要他去上海的电报后，即携带译稿赴沪。不料上海当局对《星期评论》实施邮检，造成该刊停办，使得在该刊连载《共产党宣言》的计划无法兑现。于是，陈望道找到自己的学生俞秀松，托他将译稿转交给陈独秀。陈独秀、李汉俊将译稿校阅一遍后决定出版单行本，但在筹措出版经费上遇到了困难。这时，恰好共产国际特使维经斯基和翻译杨明斋来到上海，陈独秀在和他们讨论中共建党问题时提及此事，维经斯基当即表示愿意资助出版。为此，上海的共产党早期组织在辣斐德路（今复兴中路）成裕里 12 号秘密建立了一个名为"又新"的小型印刷所，承印陈望道翻译的《共产党宣言》。

1920 年 8 月，《共产党宣言》中文首译全本终于问世了，这是一本用白报纸印刷的比小 32 开还稍小的小册子，平装，封面除书名外，还自右至左横排印有几行小字"社会主义研究小丛书第一种""马格斯、安格尔斯合著""陈望道译"，书末版权页除写明著者及翻译者外，还竖排印有几行字"一千九百二十年八月出版""定价大洋一角""印刷及发行者社会主义研究社"。封面印有水红色马克思微侧半身肖像，这是马克思 1875 年在伦敦拍摄的。全书无扉页、序言和目录，内文共 56 页，每页 11 行，每行 36 字，采用繁体字和新式标点，用 5 号铅字竖版直排，页侧印有"共产党宣言"的页边字，页脚注汉字小写页码。全书以意译为主，许多新名词和专用术语以及部分章节标题如"贵族""平民""宗教社会主义""贫困底哲学"等都用英文原文加括号附注，因此书中随处可见英文原文。在"有产者与无产者"一章标题旁，除标明英文原文外，还用中文注释："有产者就是

有财产的人资本家财主……无产者就是没有财产的劳动家。"全书错字、漏字有 25
处,如第一页中法国激进党误为"法国急近党"。值得注意的是,由于排版疏忽,
封面书名《共产党宣言》错印成了《共党产宣言》。马克思、恩格斯被译为"马格
斯、安格尔斯"。该书初版 1000 册,全部送人。当年 9 月再印 1000 册,封面书名
更正为《共产党宣言》,马克思肖像的底色改成了蓝色,书中正文只字未动。这虽
然只是一次重印,但封三的版权页上却印着"一千九百二十年九月再版"字样。

　　上海不仅是《共产党宣言》中文首译本的诞生地,也是《共产党宣言》的传
播地。陈望道翻译的《共产党宣言》诞生于中国共产党成立之前,为中国共产党
的建立从理论上和思想上作了积极的准备,成为当时国内流传最广、影响最大的
一部马克思主义的经典著作。它对于宣传马克思主义,推动中国革命的蓬勃发展,
起到了非常重要的作用。毛泽东生前曾多次谈到这本经典著作。1936 年,他对美
国记者斯诺说:"有三本书特别深地铭刻在我的心中,建立起我对马克思主义的
信仰……"毛泽东谈到的三本书其中就有《共产党宣言》。周恩来在新中国成立后
也曾对陈望道说:"我们都是你教育出来的。"陈望道所译的《共产党宣言》不仅
在国内广为传播,而且还流向了国外,对当时在国外勤工俭学的中国青年产生了
重要的影响。邓小平就是在法国勤工俭学时读到《共产党宣言》的,他后来说:
"我的入门老师是《共产党宣言》和《共产主义 ABC》。"

(摘自《中国档案报》2015 年 4 月 24 日)

新中国石油战线的铁人王进喜

佚 名

　　王进喜，甘肃玉门人，是新中国第一批石油钻探工人，全国著名的劳动模范。1938 年，15 岁的王进喜进入玉门石油公司当工人，新中国成立后历任玉门石油管理局钻井队队长、大庆油田 1205 钻井队队长、大庆油田钻井指挥部副指挥。1956 年加入中国共产党。他率领 1205 钻井队艰苦创业，打出了大庆第一口油井，并创造了年进尺 10 万米的世界钻井纪录，展现了大庆石油工人的气概，为我国石油事业立下了汗马功劳，成为中国工业战线上一面火红的旗帜。王进喜以"宁可少活二十年，拼命也要拿下大油田"的顽强意志和冲天干劲，被誉为"油田铁人"。1959 年，王进喜在全国"群英会"上被授予全国先进生产者称号。王进喜是中共第九届中央委员，第三届全国人大代表。

　　1959 年，他作为石油战线的劳动模范到北京参加群英会，看到大街上的公共汽车车顶上背个大气包，他奇怪地问别人："背那家伙干啥?"人们告诉他："因为没有汽油，烧的是煤气。"这话像锥子一样刺痛了他。王进喜后来说："北京汽车上的煤气包，把我压醒了，真真切切地感到国家的压力、民族的压力呼地一下子都落到了自己肩上。"他曾多次向工友们说："一个人没有血液，心脏就停止跳动。工业没有石油，天上飞的、地上跑的、海上行的，都要瘫痪。没有石油，国家有压力，我们要自觉地替国家承担这个压力，这是我们石油工人的责任啊！"

1960 年春，我国石油战线传来喜讯——发现大庆油田，一场规模空前的石油大会战随即在大庆展开。王进喜从西北的玉门油田率领 1205 钻井队赶来，加入了这场石油大会战。一到大庆，呈现在王进喜面前的是许多难以想象的困难：没有公路，车辆不足，吃和住都成问题。但王进喜和他的同事下定决心：即使有天大的困难也要高速度、高水平地拿下大油田。钻机到了，吊车不够用，几十吨的设备怎么从车上卸下来？王进喜说："咱们一刻也不能等，就是人拉肩扛也要把钻机运到井场。有条件要上，没有条件创造条件也要上。"他们用滚杠加撬杠，靠双手和肩膀，奋战 3 天 3 夜，终于使 38 米高、22 吨重的井架迎着寒风矗立在荒原上。这就是会战史上著名的"人拉肩扛运钻机"。要开钻了，可水管还没有接通。王进喜振臂一呼，带领工人到附近水泡子里破冰取水，硬是用脸盆、水桶，一盆盆、一桶桶地往井场端了 50 吨水。他们经过艰苦奋战，仅用 5 天零 4 小时就钻完了大庆油田的第一口生产井。在重重困难面前，王进喜带领全队以"宁可少活二十年，拼命也要拿下大油田"的顽强意志和冲天干劲，苦干 5 天 5 夜，打出了大庆第一口喷油井。在随后的 10 个月里，王进喜率领 1205 钻井队和 1202 钻井队，在极端困苦的情况下，克服重重困难，双双达到了年进尺 10 万米的奇迹。在那些日子里，王进喜身患重病也顾不上去医院；几百斤重的钻杆砸伤了他的腿，他挂着双拐继续指挥。一天，突然出现井喷，当时没有压井用的重晶粉，王进喜当即决定用水泥代替，成袋的水泥倒入泥浆池却搅拌不开，王进喜就甩掉拐杖，奋不顾身跳进齐腰深的泥浆池，用身体搅拌，井喷终于被制服，可是王进喜却累得站不起来了。房东大娘心疼地说："王队长，你可真是铁人啊！""铁人"的名字就这样传开了。王铁人为发展祖国的石油事业日夜操劳，身心交瘁，积劳成疾，于

1970 年患胃癌病逝，年仅 47 岁。

王进喜干工作处处从国家利益着想，他重视调查研究，依靠群众加速油田建设，艰苦奋斗，勤俭办企业，有条件上，没有条件创造条件也要上，建立责任制，认真负责，严把油田质量关。他留下的"铁人精神"和"大庆经验"，成为我国进行社会主义建设的宝贵财富。1964 年，毛主席向全国发出"工业学大庆"的号召。

王进喜身上体现出来的"铁人精神"，激励了一代代的石油工人。铁人王进喜不仅是工人阶级的先锋战士、共产党人的楷模，更是一个为国家分忧解难、为民族争光争气、顶天立地的英雄。

（摘自《人民日报》2005 年 4 月 30 日）

关友江忆小岗改革

高　巍

编者按:

　　关友江，小岗村"大包干"带头人之一，现任安徽省凤阳县小岗村村委会副主任。

　　1978年冬，小岗村18位农民以"托孤"的方式，冒险在土地承包责任书上按下鲜红的手印，实施了"大包干"。这一"按"成了中国农村改革的第一份宣言，它改变了中国农村发展史，掀开了中国改革开放的序幕。小岗村从此闻名全国，由普普通通的小村庄一跃变为中国农村改革第一村。"保证国家的，留足集体的，剩下都是自己的"，大包干在保证国家税收和集体收入不减少的同时，使农民富裕了起来。

许多小岗村民曾靠要饭谋生

1978 年，我 32 岁，家里有 4 个孩子，全家 6 口人，就挤在两间破旧漏雨的茅草屋内。那时我们家仅有的财产，就是屋子里支起的一口大铁锅和两张床。1978 年以前的小岗村，只有 20 户人家 100 多人，是全县有名的穷困村。由于吃不饱，每年秋后村里家家户户都要外出讨饭。那时候全村没有一间砖瓦房，许多农户的茅草屋都破烂不堪。我们从合作组到合作社，进入高级社的时候，赶上了"大跃进"，同时遇上了"三年自然灾害"，生活非常困苦。那个时候为了谋生，有手艺的就外出靠手艺生活，实在没有办法的人只能是要饭了。

没有改革前，小岗村吃粮靠返销，用钱靠救济，生产靠贷款。与周围的村子相比，小岗村的情况更差一些。从 1960 年开始，人们开始大范围地出去要饭。年龄大的和能走动的小孩，出去要饭，相对来说会好一点，因为没有人骂他们；年轻的、壮年的去要饭，碰到理解的会给你一点，但是不同情的非常多，说你年轻轻的，懒汉，不劳动，还出来要饭。要饭的日子不好过啊。

慢慢地，关于怎么才能不去要饭的办法、点子开始在私下里流传。刚开始是在生产队一起干活的几个人当中传，"如果分田给我们，我们肯定能吃得饱，至少说不用出去要饭了"。慢慢地，谈的人越来越多，但是怎样分开，具体怎么弄，当时并没有一个明确的说法，人们的想法很简单，分开搞肯定就不出去要饭了，能吃饱肚子就行。当时的压力非常大，当时讲的是"不准搞资本主义，要割资本主义的尾巴""要斗私批修"。当时稍微有一点思路的，就去做生意，也是提心吊胆的。当时公社办学习班，打击投机倒把，想光明正大地搞分田到户，困难非常大。

冒着风险按下红手印

当时的情况还远不止这些，就是你出去，都要得到生产队的批准，做点事非常麻烦。大家肚子还是吃不饱，分开干的想法越来越强烈，这方面的想法也越来越多了。这种状态酝酿了很长时间，一直到 1978 年底，基本的思想是分开干，保证有得吃。怎么干呢？明的不行就暗地里来，我们就采取偷分的方式。大家都觉得分开好，从社员到干部，都同意后，就讲怎么分。那个时候也很好分，分了以后，我们当时想，哪怕一年搞一季，我就能收一季，如果能干一年就更好，干两年那就太好了。当时心里肯定是没底的，走一步看一步。

分田这个事当时风险是很大的，既然大家都同意干，那我们就得立个字据。我们当时的想法很简单，就是"落字为证"，任何人都赖不掉。不会写字，就按个手印，最后那个"红手印"就产生了，也就是那份"我们分田到户，每户户主签字，如以后能干，每户保证每户的全年上交和公粮，不在(再)向国家要钱要粮，我们干部坐牢杀头也干(甘)心，大家社员保证把我们的小孩养到十八岁"的协议，我们都按了手印，将来这个事如果上面追究，我们承担全部责任。当时我们的想法很简单，就是分田到户、吃饱肚子，干劲上来了，粮食丰收了，国家、集体和我们个人都有好日子过。后来，经过探索，就有了"交足国家的，留够集体的，剩下全是自己的"这个说法。

这样搞了以后，渐渐地消息就传开了，当时政府不同意。后来干脆将小岗村的牛草贷款、粮种贷款全部扣下来，不给了，粮农贷款也不给了。那个时候，牛没有草吃就得饿死，也没有钱买粮种。当时我们就在一起想办法，后来决定就是不给也要做，我们自己想办法搞钱买稻草。我们到周边亲戚朋友那里、别的生产队去借，到秋天还，需要用钱的，我们想办法拿钱买，就这样把事情扛下来了。

时任安徽省委书记的万里力挺改革

到后来，有一次上级机关在一次开会时说，"要变，不变不行""不管什么形势，分下去干的，都不动了，秋后再说"。有了这些话，大家稳定下来了，积极性调动起来了，不分白天黑夜，抓紧干，大家互相帮忙干。人们干得起劲，老天也帮忙，风调雨顺，种什么收什么，长得又好。我们家地比较多，到了秋天后，就我个人讲，光花生就收了 2000 斤，还收了七八千斤的稻子，芋头更不用说了，收的粮食非常好。以前的生产队，春季到秋季一年，总产在三四万斤就不错了。那时候到秋天，我们一统计，一个生产队收十三四万斤。

当时的安徽省委书记万里到小岗村考察，看到有这么多粮食，太高兴了。看农民种地的积极性，很自豪。他还开玩笑了，"别的来要饭的，你们可以多给一点吗""多给"。万里听完以后，很满意，当时就说了："我们共产党要让农民过好日子，我们解放全中国的目的是让农民过上好日子，现在不仅没有过上好日子，还很贫穷。早期也有人想过这样干，但没有这样干，小岗村这样干了。我准许你们干三到五年。"

听到这个，我们真是快活得不得了啊。万里说准许干三到五年，不管怎么样，至少这三五年没有问题。区委书记当时问万里，小岗村这样干了，周边的村怎么搞呢？他当时说，粮食收获以后，周边生产队的到村里一看，人家种这么多粮，很羡慕，怎么会不学呢？肯定学"。现在想想，领导能这样对我们确实不容易。想当初签字那时候，心里怕啊，晚上睡不着觉。我们现在干好了，领导表扬了，肚子不饿了，归根到底是共产党的政策好啊。没有共产党的好政策，我们得不到这样的成绩，走不到今天啊！

（摘自中国共产党新闻网 2011 年 6 月 15 日，标题有改动）

改革开放的象征
——雕塑家潘鹤谈雕塑《孺子牛》创作背后的故事

吴春燕

走过深南大道，在深圳市委大院门前，人们可以见到一座叫"孺子牛"的雕塑，也有人叫它"开荒牛""拓荒牛"。这座雕塑，自 1984 年 7 月 27 日落成，在这里静静保持着埋头苦干的形象已有 30 年的历史。这尊标志性雕塑，建成当年即获第六届全国美术展金奖，象征奋力开拓的特区建设者，成为改革、开拓、创新的深圳精神的一个标志性形象。那么铜雕"孺子牛"有什么来历呢？

一波三折

1980 年，深圳特区成立之初，深圳市领导希望能在市委市政府大院内建一座雕塑，体现特区精神，以鼓舞广大干部群众，当时的市领导找到了我。

1980 年第一次讨论时，有人提出了用大鹏鸟的形象，一来深圳又名鹏城；二来寓意特区如大鹏展翅，一飞冲天。但我想到大鹏不是在山顶上，而是在市政府大院，就觉得不妥。我提意见说，市政府大院刚开始是几层高的楼房，将来建起高楼大厦，大鹏正在起飞，看上去会像被关在笼子里，不好。

1983年，有关部门又想做一个莲花喷水池，说莲花已经被定为深圳市花。我想想，不大对，莲花的意思就是出污泥而不染，这是干部应该做的，不是自封的，而且说自己出污泥而不染，那污泥是什么呢？他们觉得有道理。结果最后深圳市花也改了。

我认为，雕塑体现的精神要历久弥新，一定要慎重。一个情景在我脑海里一闪而过：特区里那些忙碌着的推土机、拖拉机、汽车和建设者，不正像是一群开荒的牛吗？改革开放、搞特区建设，深圳特区从无到有，要求我们这一代人开荒破土，雕塑一个"开荒牛"最合适不过了。经过两日思忖，我敲定了"开荒牛"埋头苦干的形象，而不是昂首挺胸阔步前进的样子。

寓意深远的"老树根"

现在，"孺子牛"已经深深烙入人心，然而对它身后为何"拖"着块老树根，人们可能并不清楚原委。

我曾到深圳宝安去办事，偶然在一农舍旁看到两块老树根，顿生灵感：搞特区就是要"开荒"，要拔掉"劣根"，何不在"开荒牛"的后面再加上这个树根，从精神层面比喻要把那些封建意识、小农意识、保守思想和官僚作风连根拔起呢？因此，雕塑上的两块老树根，就是我从宝安的农舍旁花了8元钱买来的。牛与树根之间有一个奋力拉的张力，给人一种拼尽全力最后一搏的感觉，这表示革命任重道远，让这座雕塑对世人永远有一种警醒的作用，有一种激励的作用。

定名"孺子牛"

经过近一年时间的呕心沥血，这座重 4 吨、长 5.6 米、高 2 米、基座高 1.2 米，以花岗石磨光石片为底座的大型铜雕落成了。

雕塑，起初命名为"开荒牛"，但考虑到"将来开荒完了怎么办"，最后取鲁迅的"俯首甘为孺子牛"之意，定名"孺子牛"。雕塑落成后，慕名前来参观的人们络绎不绝，但由于"孺子牛"立在市委市政府大院内，参观并不方便，1999 年，深圳市委常委会通过决定，将"孺子牛"铜雕整体迁到了大门口的花坛上。同时，办公大院围墙后退 10 米，为深圳老百姓再献出一块绿地。有人说，"孺子牛"是深圳最具有代表性的符号，更是深圳乃至全国改革开放的世纪象征。

（摘自《光明日报》2014 年 9 月 10 日）

春天的故事永远在上演

彭 勇

一首《春天的故事》曾经唱响大江南北，唱出了人们对于改革开放的浓浓情怀，也唱出了人们对于深圳的憧憬和向往；如今，深圳这座改革春城，经历了30多年的建设，正在"迈出气壮山河的新步伐"。

1992年邓小平南方视察前夕，30多岁的汪月银来深圳出差，被特区热火朝天的建设场景所震撼，他毅然舍弃湖北国企的"铁饭碗"，只身"下海"来深圳创业。他开创的神视检验现已成长为业内知名的专业检测机构，多次参与国内外重大工程项目建设，并与国际检测机构同台竞技。

"感谢改革开放和邓小平，给我打开了改变命运的大门。"汪月银说。他是时代的幸运儿，一个湖北农家子弟，参加1979年高考上了大学，离开农村进入城市；改革洪流又推着他来到深圳，开辟更广阔的天地。现在，他正在研发工业检测机器人，磨砺一双犀利的"工业之眼"，助推中国制造转型升级。

事实上，无数人因为改革开放而改变命运，找到了属于自己的"春天"。为了表达感激之情，很多深圳人都会在节日登上莲花山，在邓小平铜像前献上一束鲜花。

过去的 30 多年里，深圳"杀出一条血路"，从一个 3 万人的边陲小镇快速崛起为一座世界级现代化大都市，成为中国经济改革和对外开放的"试验场"，率先建立起比较完善的社会主义市场经济体制，创造了世界工业化、城市化、现代化史上的奇迹。

如今，"三十而立"的深圳以创新为引领，"走出一条新路"，率先完成了发展动力的转换，成为全国新一轮发展的先锋。深圳的创新型经济正从"跟跑"转向"并跑""领跑"，众多的科技企业"捧出万紫千红的春天"。

华为公司"28 年对着一个城墙口冲锋"，终于在大数据传送领域领先全球，攻进"无人领航无人跟随的无人区"，手机终端业务与苹果、三星等国际巨头并驾齐驱。2016 年 5 月，华为起诉三星侵权，打响了中国企业的专利逆袭战。

大疆号称是"无人机领域的苹果公司"，从无到有地开辟了消费级无人机市场，并占据全球市场 70% 的份额。如今大疆开创的新蓝海，吸引着全球上千家企业投身其中。大疆当初成立时筹集资金不足 200 万港元，目前公司估值已超过 100 亿美元。

一些深圳科技企业把资源配置的触角伸向全球。成立于 2010 年的光启是深圳的另一颗科技新星，其超材料领域的专利占到全球总数的 86%。2016 年 5 月，光启投资 3 亿美元在以色列特拉维夫设立创新基金和孵化器，首期投入 5000 万美元，对以色列的科技创新项目进行投资。

"我们瞄准国际科研前沿，每天都梦想着用颠覆性的创新改变世界。"光启创始人刘若鹏说，在以色列的孵化器是光启发现创新技术、在全球范围内孵化未来的加速器。

凭借着强大的创新活力，在经济下行压力之下，深圳"十三五"首年首季交出靓丽答卷。据统计，2016 年第 1 季度全市生产总值 3887.90 亿元，同比增长8.4%，分别高于全国和全省增速 1.7 个和 1.1 个百分点；一季度全市公共财政预算收入 890.5 亿元，增长 29.6%，增速全国领先。

"深圳道路就是中国道路的缩影，彰显出中国特色社会主义道路的勃勃生机和强大生命力。"深圳市社会主义学院副院长谭刚说。

2016 年 5 月，《春天的故事》作曲者王佑贵回到深圳，成立音乐工作室。这是他的夙愿，深圳让他灵感涌动。"我对深圳怀有最深的情感，我许多优秀的作品都是在深圳完成的，我对这方土地充满了感恩。"王佑贵说。

春天的故事，将永远在深圳上演……

（摘自新华网 2016 年 6 月 24 日）

在南湖红船上

袁亚平

南湖细雨霏霏，湖上蒙蒙一片，碧湖、青菱、绿水、红船，景物笼罩在烟雨之中，真可谓烟雨满楼。

湖畔，静静地泊着一艘单夹弄丝网船。

这艘船长 16 米，宽 3 米，船头平阔，据说可停一乘轿子。走上一块踏板，我上了船，进了船舱，船内分前舱、中舱、房舱和后舱，以右边一条夹弄贯通。前面搭有凉棚的是前舱，里面的是中舱，顶上有气楼，悬明灯，舱内较为宽敞，放置着一张八仙桌，6 把椅子，4 只凳子，2 只茶几，桌上摆着茶具。

那是 1921 年 8 月 2 日上午，天阴，间有小雨。湖面上有四五条游船，悠悠荡荡。有一条船是城内某商户为儿子办满月酒的，还有一条船是乡下财主携眷进城游玩的。

白夏布斜襟短衫，黑丝绸裙子。她一身穿着，清秀雅致，干净利落，显示了江南女子的神韵。我知道她是王会悟，当年在嘉兴女子师范预科读书时，就是学生运动的积极参加者与领导者。预科毕业后，她到上海全国学联总会，被介绍参加女界联合会，担任《妇女声》编辑。1920 年，她结识李达，并同他结婚。早年曾留学日本的李达，1920 年夏回国，参加上海共产主义小组（即中国共产党上海发起组），主编《共产党》月刊，一度任上海共产主义小组代理书记。王会悟不久加入了中国共产党上海发起组领导的社会主义青年团。

23 岁的王会悟这次到嘉兴南湖，负有特殊使命。也可以说，这是她自告奋勇，向丈夫、向党组织申请的一个重要任务。1921 年 6 月至 7 月，上海的共产党早期组织提议召开全国代表大会，并着手进行会议筹备工作。共产国际有关组织及其代表马林和尼克尔斯基协助进行有关工作。

7 月 23 日，各地代表到达上海，一共 13 人，代表全国 50 多名党员。他们是：上海的李达、李汉俊，北京的张国焘、刘仁静，湖南的毛泽东、何叔衡，湖北的董必武、陈潭秋，山东的王尽美、邓恩铭，广东的陈公博，旅日的周佛海，还有陈独秀指派的包惠僧。"一大"会议开始在上海法租界望志路 106 号（今兴业路 76 号）李汉俊的寓所秘密举行。7 月 30 日晚上，一个陌生人借故突然闯入了这座房子。此事引起了大家的警惕，马林当即提议紧急散会。散会不久，法租界巡捕房的警探果然前来搜捕。

"上海已不能开会了，到哪儿去继续把会开完呢？代表们意见不一。我想到我家乡嘉兴的南湖，游人少，好隐蔽，就建议到南湖去包一条画舫，在湖中开会。李达去与代表们商量，大家都同意了这个意见。我便作为具体安排事务的工作人员先行出发。"王会悟没想到自己这个建议具有历史性价值，完成了一个红色经典。

王会悟坐火车到嘉兴，住进张家弄鸳湖旅馆，叫旅馆账房给雇船。大的船已没了，便雇了一艘中号船，船费 4.5 元，中午饭一桌酒菜 3 元，连小费共花 8 枚大洋。王会悟还特意带了一副麻将牌上船。

毛泽东穿着一件布长衫，手里拿着一把雨伞。他在长沙创办《湘江评论》，组织俄罗斯研究会，建立长沙共产主义小组。有人说他是一位较活跃的白面书生。

一个个代表，不同的装束，不同的神态。他们三三两两，分头到了嘉兴南湖。

他们先后坐进小篷船，摆渡到丝网船。

他们中，最大的年龄45岁，最小的才19岁，多为二三十岁的热血青年。他们为国家的前途担忧，为民族的命运抗争。

这时，王会悟叫船主把船撑到比较僻静的水域，用篙插住，她自己坐在船头望风。见有船划近了，就敲窗门，提醒代表们注意。

坐在中舱的代表们，把麻将牌倒在八仙桌上，以掩人耳目。

下午3时以后，小游船逐渐增多，湖上到处是留声机唱京戏的声音。5时左右，湖上出现了一艘小汽艇。代表们以为是政府巡逻艇，便暂时停会，把桌上的麻将牌糊弄一把。得知这是私人游艇后，会议又照常进行。

南湖会议从上午11时左右开始，首先讨论通过了党的纲领和关于工作计划的决议。下午，接着讨论通过了由董必武、李汉俊、刘仁静等人起草的《中国共产党第一次代表大会的宣言》。最后，大会选举产生了中国共产党中央机构，由陈独秀、张国焘和李达组成书记处（中央局），陈独秀任书记，张国焘负责组织工作，李达负责宣传工作。大会于下午6时多结束。

"共产党万岁！第三国际万岁！共产主义——人类的解放者万岁！"低沉而有力的口号，庄严宣告大会闭会。

代表们离开丝网船时，湖面上已是暮霭沉沉，渔火点点。

毛泽东1945年回忆说："1921年，我们党开第一次代表大会。……本来是在上海开的，因为巡捕房要捉人，跑到浙江嘉兴南湖，是在水上开的。发了宣言没有，我不记得了。当时对马克思主义有多少，世界上的事如何办，也还不甚了了。所谓代表，哪有同志们现在这样高明，懂得这样，懂得那样。什么经济、文化、党务、整风等等，一样也不晓得。当时我就是这样，其他人也差不多。"

烟雨苍茫，湖波浩渺，一只孤舟昂然挺立。中国共产党，就这样诞生在南湖中的这艘红船上……

（摘自《浙江日报》2017年7月4日，有删节）

鲁迅解剖辛亥革命

那秋生

1921 年纪念辛亥革命 10 周年之际，鲁迅于北京《晨报副刊》上发表了中篇小说《阿 Q 正传》。这部小说向我们展现了辛亥革命时期一个畸形的中国社会和一群畸形的中国人的真面貌。辛亥革命既是阿 Q 生活的时代背景，也是阿 Q 的人生历程，以及命运的归宿。鲁迅站在启蒙思想的立场和角度，关注这场巨大的社会变迁，以及文化转型时期人文精神的困扰和出路等问题，并对改造国民性问题进行了深入的思考和不倦的探索。

过场

环境，是人物活动和事件发展的社会背景。

风传的"革命"和"革命党进城"，给未庄带来了"大不安"，于是全村的人心"很摇动"。《阿 Q 正传》的第七章《革命》，开头就渲染了这种特定的环境气氛。接着，就引出来阿Q一系列的"革命"梦想与行动……这是对"辛亥革命"的所谓扬。

但是，还没几天，未庄的人心"日见其安静"了，那是因为"革命党虽然进了城，倒还没有什么大异样"。阿Q所期待的"革命"，却变成了赵太爷们的"不准革命"。这真是一场虚惊啊，于是环境气氛便急剧而下……这是对"辛亥革命"的所谓抑。

后来的未庄，在第八章《不准革命》中，"寂静到像羲皇时候一般太平"，似乎一切都没有发生过，至多出现在阿Q的梦境里，环境气氛也就回到了先前的状态。

鲁迅使用先扬后抑的描写手法，在时间上也采取了"黑夜——白昼——黑夜"式的回归结构，其意图在于揭示辛亥革命的走过场。

品"头"论"足"

人物，最重要的是刻画性格，通过语言、动作、心理、肖像等来表现。

鲁迅精湛的白描艺术，活活地画出来一副"阿Q相"，尤其是对人物品"头"论"足"，真是惟妙惟肖。

先品情态各异的"头"。从"革命"到"不准革命"，犹如风云变幻：有得意忘形的"昂头"，他神气十足，旁若无人；有心满意足的"歪头"，总算让其自尊心暂时得到了满足；有黯然神伤的"倒头"，他仓皇四顾，无限怅惘；有心惊胆战的"遮头"，遭遇棒喝后竟然落荒而逃；有自我安慰的"点头"，自以为得计，反败为胜了。

再论穷形尽相的"足"，"革命"时的自大同"不准革命"时的自卑，形成了鲜明的对照。

先前风声传来，阿Q于是"飘飘然"起来，走路简直是"飞"一般，昂然从赵太爷门前而过，他第一个"革命"的目标是"静修庵"，就"跨"开步子进去。

好一派理直气壮、咄咄逼人的势头，人物那种本能自发反抗的意识尽在脚下得以表现出来。

后来形势骤转，阿 Q 由"革命"转变为"投降"，他怯怯地"蹩"进了钱府，一副可怜的病态，希望破灭后又"逃"出门外，失魂落魄的他只得到处去"游"，赊酒喝，待酒店关门才"踱"回土谷祠里睡觉。人物的喜剧式遭遇以及悲剧性结局，也通过一双脚来聚合了。

阿 Q 是一个"精神胜利法"的文学典型，具有划破时空的现实意义。他的传神而逼真的步态，对于愚昧的"国民性"正好是绝妙的注解。

鲁迅通过阿 Q 的形象，反映出民众对于"革命"的心理变化：向往——怀疑——失落，从而批判辛亥革命严重脱离群众的错误倾向。

白盔白甲的旧套

情节，小说中一系列有组织的生活事件，必须是独具匠心的。

《阿 Q 正传》中的"白盔白甲"，作为断片反复出现，不能不引起读者的关注与思考。

关于革命党，起始的传说是"个个白盔白甲：穿着崇正皇帝的素"。可见人们对"辛亥革命"的认识，还是脱不掉"反清复明"的旧套，岂不可悲可叹？

阿 Q 的思想中，必然也把"白盔白甲"当成了"革命"的意象，既顽固又鲜活地盘踞着大脑，还不时地产生动力。最后，发生了赵家被强盗抢劫的事，他似乎看见"许多白盔白甲的人"。因此，"革命"在阿 Q 的心目中，永远是一个说不清、道不明的东西。

小说的结局是他临刑前为自己的生命画了一个形状如同绞索的"圈"，还遗憾画得不圆呢。这个细节实在是意味深长，一个已经被剥夺得一无所有的贫苦农民，最后连命也保不住，成了辛亥革命中的"冤死鬼"。

阿 Q 的人生是"三无"人生：无家可归的生活，无所可依的心灵，无人可怜的命运。他最后留下的声音是一句"救命"，正如鲁迅在《狂人日记》中发出的呼喊"救救孩子"那样，已经定格为一种永恒的历史回声。

（摘自《中国教育报》2011年10月17日，有删节）

中共二大：党史上的多个"第一"

余 玮

编者按：

中共二大在党史上承前启后，诞生了许多"第一"：第一次提出了党的民主革命纲领，第一次公开发表了《中国共产党宣言》，制定了第一部《中国共产党章程》，第一次喊出了"中国共产党万岁"口号。

中共二大会址位于上海市静安区老成都北路7弄30号（原南成都路辅德里625号），当年是中共中央局宣传主任李达的寓所，也是我党第一个秘密出版机构——人民出版社所在地。它为两排东西走向的石库门里弄住宅建筑，砖木结构。1922年7月16日至23日，在这里召开了党的历史上一次十分重要的会议——中共二大。

关于中共二大与会代表的原始资料，至今存世稀少，加之年代久远，当事人的回忆或互有出入，或前后不尽一致，为中共二大留下了一些难解之谜，也给有关考证留下了更多的空间。

与会代表秘密集结辅德里

1922 年 7 月 16 日傍晚，一群年轻的共产党人又聚在一起，中国共产党第二次全国代表大会在上海南成都路辅德里 625 号（现老成都北路 7 弄 30 号）拉开帷幕。

"近日最多不幸之事，曰兵变，曰辞职，曰省长不能到任，曰匪乱，而正式之交战不预焉。"当日《申报》如此报道。翻开旧报纸，兵变、匪乱、交战、饿殍，诸种"不幸之事"，几乎每天见诸报端。就在这种情况下，中共二大举行了第一次全体会议。

其实，中共二大曾有另一个可能召开的地点——广州。当时，共产国际代表对广州很感兴趣，而陈独秀与张国焘等人却觉得，"当时，广州风云变幻，是个是非之地，政治局势并不明朗"。

当然，中共二大召开时，上海的政治环境也十分严峻，中央局选择辅德里作为开会地点颇费心思。当年，辅德里处于公共租界和法租界交会处，周围相同的石库门房屋连排连幢，使得辅德里并不显眼。我党创办的平民女校正对李达家的后门，万一有突发情况，便于及时疏散。这里也是中国共产党在上海尚未暴露的联络站。

鉴于中国共产党第一次全国代表大会遭到法国巡捕干扰，中共二大采取了较为严格的保密措施。为了会议的安全，李达的夫人王会悟抱着孩子在门口放哨。

出席中共二大的有中央局成员、党的地方组织的代表和参加远东各国共产党及民族革命团体第一次代表大会后回国的部分代表。他们是陈独秀、张国焘、李达、杨明斋、罗章龙、王尽美、许白昊、蔡和森、谭平山、李震瀛、施存统等 12 人（尚有一名代表姓名不详），代表着 195 名党员。

据王会悟回忆，当时会场比较朴素简陋，就是加了几把凳子，两只柳条箱放在窗口，上面铺着一块布，当桌子用，"他们持续不断地开，下楼吃饭的时候，也在饭桌上讨论会务"。

毛泽东于 1936 年在陕北保安的窑洞里与美国记者埃德加·斯诺谈话时说，"到 1922 年 5 月，湖南党——我那时是书记……被派到上海去帮助反对赵恒惕的运动。那年冬天（注：应是夏天），第二次党代表大会在上海召开，我本想参加，可是忘记了开会的地点，又找不到任何同志，结果没有能出席"。在中共七大预备会上，毛泽东又一次提到这件事："有些同志未当选为代表，不能出席和旁听，很着急，其实这没什么，就拿我来说，我是'一三五不论，二四六分明'，逢双的大会我都没有参加。"

据张国焘回忆："中共第二次代表大会开会期间已届，但预定到会的李大钊、毛泽东和广州代表都没有如期赶到，使会期展延了几天。"

据史料记载，李达并没有在辅德里 625 号久住，中共二大结束后便前往湖南自修大学任教。中华人民共和国成立后，李达应邀协助寻访、勘认中共二大会址，后经询问辅德里老居民、核对变更的门牌号码，终于确定辅德里 625 号为其昔日的寓所，中共二大会址最终得到确认。

一个个"第一"俨然是"拂晓的启明灯"

《中国共产党第二次代表大会决议案》收录了大会通过的《中国共产党章程》，其中第二十九条有这样的内容，"本章程由本党第二次全国代表大会(1922 年 7 月 16 日—23 日)议决"，明确指出了大会的会期。

中共二大召开了 8 天，共举行了 3 次全体会议。为了安全起见，大会决定以小型的分组会为主，尽量减少全体会议的次数，每次全体会议都要更换地点，而小会则安排在党员家里召开。

陈独秀主持大会，并代表中央局向大会做一年来的工作报告，着重阐述了"党的民主革命的纲领和策略"；张国焘报告了出席远东各国共产党及民族革命团体第一次代表大会的经过以及第一次全国劳动大会的情况；团中央代表施存统报告了社会主义青年团第一次全国代表大会召开的经过以及大会通过的决议。大会推举陈独秀、张国焘、蔡和森组成起草委员会，负责起草《中国共产党第二次全国代表大会宣言》和其他决议案。会议的中心议题是制定"党为共产主义而奋斗的最高纲领和现阶段开展民主革命的最低纲领"。

大会根据列宁关于殖民地半殖民地的学说和远东大会的精神，分析了国际形势和中国社会政治经济状况，讨论了党的任务，除通过了《中国共产党第二次全国代表大会宣言》《中国共产党章程》外，还通过了《关于共产党的组织章程决议案》等9个决议案。

中共二大依据《中国共产党章程》的规定，选举产生了中央执行委员会。陈独秀、张国焘、蔡和森、高君宇、邓中夏被选为中央执行委员，另选出3名候补执行委员。陈独秀被选为中央执行委员会委员长，蔡和森、张国焘分别负责党的宣传工作和组织工作。可是，迄今找不到有关候补委员的文字依据，相关名单有待进一步查实。

这次会议的成果是令人鼓舞的。在大会结束的7月23日，陈独秀已然忘记了这是秘密会议，直接从座位上站起来，如同演讲般，高声宣读大会通过的文件。

中共二大留下中共党史上很多个"第一"：第一次制定了立党之本的《中国共产党章程》，第一次提出了革命目标的"最高纲领"与"最低纲领"，第一次提出了党的统一战线思想即民主联合战线思想，第一次公开发表了《中国共产党宣言》……正是这一连串的第一次，反映了中国共产党从一大到二大在中国革命指导思想上发生的重大转变。

首部党章秘藏空棺得以保存

中央档案馆珍藏着一本《中国共产党第二次全国代表大会决议案》的铅印小册子，它是迄今发现的中共二大唯一存世的中文文献。

这本小册子的封面写有"中国共产党第二次全国代表大会决议案"字样，保存完整，包含了中共二大通过的系列文件，如《中国共产党章程》等。小册子的封面盖有收藏章，"张静泉'人亚'同志秘藏"。

中共二大闭幕后，中央领导机构按照规定，将大会通过的章程和9个决议案送给莫斯科的共产国际，由此有了文献的俄文稿；与此同时，还铅印了小册子，分发给党内的有关人员学习贯彻。而作为中共早期全国21名工人党员之一的张静泉在上海也获得了一本。

张静泉（1898—1932），又名人亚，1898年4月出生于浙江宁波镇海霞浦镇（今属浙江宁波北仑区），1921年加入社会主义青年团，在中国共产党成立半年后转为中共党员。

1928年冬，张静泉奉命赴莫斯科中山大学学习。那时的上海被白色恐怖笼罩，张静泉最放心不下的就是这些党内文件和革命书刊的安危，带走不方便，留下来又有被国民党搜去的危险，付之一炬更不舍得。怎么办？经再三考虑，他决定将这些党内文件和革命书刊从上海秘密带回家乡霞浦镇，托其父张爵谦保存。

张爵谦经过深思熟虑，找了个"儿子在外亡故"的借口，向邻居们佯称：不肖的二儿子静泉长期在外不归，又毫无音讯，恐怕早已死了。接着，张爵谦就在家乡一个名叫"长山岗"的小山上为张静泉修了一座"墓"，把儿子转交的这些党内文件和革命书刊用油纸裹好放入空棺里。

张爵谦希望有朝一日儿子回来后"原物奉还"，没曾想张静泉于1932年积劳成疾，因公殉职。

眼看宁波解放了，上海解放了，儿子却依然杳无音讯，张爵谦只得登报寻人。"张静泉（人亚）1932年后无音讯，见报速来信，知者请告。"1951年3月24日《解放日报》第3版底部刊登了这样一行《寻人启事》。这是经历战乱后一位父亲对离散亲人的苦苦寻觅。

《寻人启事》登了数月，无果。张爵谦没有盼到儿子归来，想想自己年事已高，这批重要文献不能再秘藏下去了。于是，张爵谦让在上海的三儿子张静茂回趟家乡。张爵谦从墓穴中取出了这批党内文件和革命书刊，并让张静茂带回上海交给相关部门。后来，上海相关部门将这批文献的一部分呈交中央档案馆保存。
首部《中国共产党章程》等系列重要文献因此得以完整保存下来。

（摘自《中国档案报》2017 年 2 月 17 日，标题有改动）

南昌起义为何三易其时

张晓祺

"时钟、屏风、镜子，蕴藏着'始终平静'的吉祥之意。但让主人始料不及的是，开张 4 年的大旅社，竟成了震惊中外的南昌起义的风暴中心……"走进南昌起义总指挥部旧址——原江西大旅社一楼喜庆礼堂，人们可以听到讲解员这样的解说。

据南昌八一起义纪念馆专家介绍，南昌起义的时间最终定格在 1927 年 8 月 1 日凌晨 2 时，是经过三易其时才最终确定的。

起义时间最早定在 7 月 28 日

1927 年 7 月 24 日，中共中央临时政治局常委会在武汉召开扩大会议，做出了在南昌起义的决定，并决定由周恩来、李立三、恽代英、彭湃等人组成前敌委员会，周恩来为书记，前往南昌领导和组织这次起义。

当晚，周恩来乘船前往九江，并于 25 日凌晨在九江会议上宣布南昌起义时间为 7 月 28 日。

第一次易时：准备不足，起义时间推迟两天

当时在九江一带，我党掌握和影响的国民革命军主要有叶挺的第 11 军第 24 师、贺龙的第 20 军、蔡廷锴的第 11 军第 10 师、朱德的第 3 军军官教育团等，共计两万余兵力。

当时，汪精卫又加紧在军队的"清共"活动。时任国民革命军第 4 军参谋长的共产党员叶剑英及时觉察了汪精卫等人的阴谋，紧急和叶挺、贺龙等人磋商，议定贺龙、叶挺迅速率部开赴南昌。

7 月 25 日至 26 日，贺龙、叶挺从九江先后乘火车到达南昌，指挥部分别设在宏道中学和心远中学。

贺龙以国民革命军第 20 军第 1 师司令部的名义，将江西大旅社包租下来。27 日，周恩来在这里召开前敌委员会第一次会议。考虑到部队行军匆忙，刚赶到南昌，如果马上起义，很多准备工作还来不及展开，会议决定将起义改在 7 月 30 日举行。

第二次易时：受张国焘阻挠，起义时间延迟两天

中共中央做出举行南昌起义的决定后，电告了共产国际。共产国际复电后，中央派张国焘前往南昌传达。

7 月 29 日，张国焘自九江连发两通密电致前敌委员会，说起义宜慎重，无论如何须等他到了南昌再做决定。30 日晨，张国焘赶到南昌，在前委扩大会议上极力反对起义。张国焘对张发奎仍心存幻想，主张一定要得到张发奎的同意才能举

行起义，遭到周恩来等人的坚决反对。

由于争论未果，31日上午再次开会，前敌委员会依然立场坚定。张国焘不得已，最后表示服从多数。

会议决定在8月1日凌晨4时举行起义。

第三次易时：因叛徒告密，起义提前两小时

7月31日下午，被任命为起义总指挥的贺龙召开第20军军官会议，宣布了起义的决定。当晚，20军一名姓赵的副营长偷偷潜入了敌军五方面军的总指挥部，贺龙指挥部获悉后立即向前敌委员会报告。前敌委员会当即决定起义提前两小时举行。

8月1日2时，随着3声信号枪响，起义军以"河山统一"为口令，领系红领巾，臂扎白毛巾，在马灯和手电筒上贴红十字，向南昌城内外的守敌发起猛攻。经过浴血奋战，天亮时，起义军占领了全城。胜利的消息迅速传遍南昌城，震惊了海内外。

8月1日这一天，因此意义非凡，成为人民军队的诞生日。

（摘自人民网2014年8月1日）

过雪山草地：铸就长征的不朽丰碑

龚自德

红军长征，如果把每支部队的行军里程加起来，总共有 8 万里，而在四川的里程最长。

过雪山草地无疑是红军长征最为艰苦悲壮的时候。据我们的统计，红军在长征途中所翻越的雪山有 73 座之多，这里的雪山是指垭口海拔 4000 米以上的山峰，4000 米以下的都没有算。其中，在四川境内有 67 座，云南有 3 座，甘肃有 3 座。

从整个红军来说，翻越的第一座雪山是 1935 年 5 月下旬红四方面军翻越的红军棚子雪山，位于四川阿坝州茂文县境内的松坪沟。红军棚子雪山以前没有名字，就是因为当年红军经过这里时搭了一些窝棚，后来老百姓就把这座雪山叫作红军棚子。红四方面军发动嘉陵江战役之后，就西进岷江流域，占领了北川河谷及茂县地区。红四方面军翻越红军棚子雪山，是为了迎接党中央和中央红军并与之会合。

　　红军翻越第二座雪山是在 1935 年 6 月，由李先念率领的部队为了迎接党中央和中央红军翻越的理县和懋功县（现小金县）交界的虹桥山。红军翻越的第三座雪山是鹧鸪山，第四座雪山是夹金山。而仅就中央红军来说，共翻越了 5 座大雪山，其中第一座大雪山是夹金山。

　　在红军翻越的所有雪山中，由贺龙率领的红二军团从四川省甘孜州得荣县到巴塘途中的藏巴拉山是红军长征中翻越过的最高雪山，其垭口海拔为 4904 米。

　　尤其震撼的是，红军在极度疲惫和饥寒的情况下，连续 4 天翻越决益涅阿、伊则涅阿等 4 座海拔 4000 米以上的雪山，堪称军事史上的奇迹。红四方面军两次翻越夹金山，3 次翻越亚克夏山、梦笔山、打鼓山等 4 座雪山。

　　红军是在没有路、没有粮、没有衣物和"前有围堵后有追兵"的情况下进入雪山草地的。很多战士都来自南方，雪域高原六月天还在下雪，加上高原反应、极度疲惫、没有衣服穿和严重缺粮等因素，好多人都没有挺过来。

　　如果说长征是一部恢宏史剧，过草地就是即将胜利前的英勇悲壮一幕。

　　1935 年 8 月，红军决定北上。8 月 21 日，红军在毛泽东等率领下开始向草地进军。由于四川草地海拔较高，天气变化快，大雨、冰雹的情况随时都会遇到，除了饥寒交迫和极度疲劳外，更令红军担心的是遍地都是危险的沼泽。

　　红军一共过了 3 次草地。第二次比第一次过的草地路程更远。第三次过草地路程更长、时间更久、牺牲的人更多，最严重的问题就是缺粮，野菜、皮带都被吃光。第三次过草地时，红二方面军与四方面军总计 5 万多人，为了解决粮食问题，部队分三路北上。若尔盖色吉坝、年朵坝等草地，红四方面军 3 次经过。

　　由于极度饥饿、疲劳，当年很多战士在即将走出草地到达若尔盖县班佑村时，眼前 20 米左右宽的班佑河再也无法跨过，800 多名战士就长眠在了河边。而过了河就是有人烟的地方，就能够活下来。当时，已经越过班佑河的彭德怀还派了一个营去，打算将他们背过河，但是到了一看，发现这 800 多人基本都已经牺牲了。为纪念这 800 多名战士，后来在班佑村修建了一个纪念碑。当年，红四方面军在长征前有 8 万多人，但经过南下战斗及雪山草地，最后只剩下了 4 万多人，可见雪山草地的严酷。

现在说到过草地的困难，很多人不信，不相信草地会陷人。现在的红原、若尔盖草原因为气候变暖、20 世纪 60 年代开沟排水、过度放牧等影响，水分都蒸发了，今天看到的草原自然与过去的大不相同。

红军在艰难困苦的条件下过雪山草地，靠的是崇高的理想、坚定的信念，坚信中国革命一定胜利，而这种精神是我们最大的财富。

（摘自《光明日报》2016 年 10 月 3 日）

遵义会议的那些历史细节（上）

褚　银　章世森　晁　华

编者按:

翻开 2015 年 1 月的日历，我们的眼光定格在 15、16、17 这 3 个数字上。

80 年前的这 3 天里，在遵义市老城一幢坐北朝南、临街而立的两层楼房里，一次会议改变了中国共产党和工农红军的命运，改变了当代中国的历史进程。

在这次被称为"生死攸关之转折点"的遵义会议上，中国共产党甩掉共产国际的"拐杖"，开始独立自主地走中国道路，无比精彩地完成了自己的"成人礼"。

这是历史的必然。历史在此刻选择了遵义。

一、担架上的谋略

长征出发前，中央最高"三人团"决定：中央政治局成员一律分散到各军团去。毛泽东从政治局常委张闻天那里得到消息后，便提出请求，自己要同张闻天、王稼祥一路同行。

在毛泽东看来，转移途中如能与这两人结伴同行，便可借机向他们宣传自己的思想和主张；若能得到他们二人的支持，对于推行正确路线，扭转目前红军面临的极为严峻的局势，有着不可估量的作用。毛泽东还意识到，这或是最后一次机会，因为红军在博古、李德的错误指挥下，很有可能一着不慎就全军覆没。

其时，毛泽东因经受了几个月疟疾的折磨，差点丢掉性命，加上受排挤后心情不好、对红军的前途忧心忡忡，身体非常虚弱。因此，过了于都河，他不得不坐上了担架。

凑巧的是，王稼祥因在第四次反"围剿"斗争中遭敌机轰炸，右腹部伤势十分严重，长征一开始，他就坐在了担架上。张闻天身体没什么毛病，时而骑马，时而步行。

他们一路相谈：路宽时一左一右谈，路窄时一前一后谈，走上大路，就两副担架并列前进躺着谈；行军谈，休息谈，宿营时住在一起仍然在谈。路上，他们认真分析了自第五次反"围剿"以来在苏区所发生的事情以及长征途中的情况，特别是导致广昌保卫战惨败的教训。王稼祥不无忧虑地对毛泽东说："中国革命的道路不能再这样走下去了，这样下去是不行的。"毛泽东对此也是心急如焚，他虽然失去了参与谋划军事的权力，却仍然不时地提出自己对行军路线的建议。

后来，毛泽东的身体有所康复后，有时便不坐担架，到各个军团去看看。时隔40多年后，李德在他的《中国纪事》一书中作了这样的描述：毛泽东"不顾行军纪律""一会儿待在这个军团，一会儿待在那个军团，目的无非是劝诱军团和师的指挥员和政委接受他的思想。"

1934年12月11日，中央红军沿着湘江西岸越城岭、老山界进入湖南通道。

12 日，中共中央在这里召开了一次军事紧急会议，讨论红军战略进军方向问题。毛泽东提出了放弃北上湘西与红 2、红 6 军团会合的原定计划，改向敌人兵力薄弱的贵州挺进，寻机开辟新的根据地的建议，得到了王稼祥、张闻天的同意和支持。通道会议以后，中央红军分左、右两路经通道进入贵州黎平县境。

18 日，在黎平县城，中共中央召开政治局会议，继续讨论红军战略行动方向问题。毛泽东进一步阐述了在通道会议上发表的意见，提出向遵义挺进的主张。同时，中革军委决定，军委第一、第二野战纵队合并为军委纵队。

20 日，军委纵队到达乌江边一个叫黄平的橘子园地里。此时的张闻天因身体不好也坐上了担架。橘园里，他和王稼祥头挨头躺在一起。王稼祥问张闻天："也不知道这次转移，目标中央究竟定在什么地方？"张闻天叹了口气："唉，没有个目标，但是这个仗这么打下去，肯定是不行的。"接着，他又说："毛泽东同志打仗有办法，比我们都有办法。我们是领导不了了，还是请毛泽东同志出来吧。"张闻天这两句话，正好说到了王稼祥的心坎里。这个时候，红军已经开始按照毛泽东的意见进行战略行动，并且已经出现了转机。如果这个时候让毛泽东出来主事，应该顺理成章。

橘园中担架上的谈话，使原来在黎平会议决定的在遵义地区召开会议之外又增添了一项重要的内容，那就是请毛泽东同志出来指挥，即要求进行人事上的变动。于是，遵义会议的核心内容就这么定下来了。

二、 立下头功的"反报告"

担架上频频召开的"碰头会"，让毛泽东、王稼祥和张闻天逐渐组成了反对李德、博古错误领导的"中央队三人团"。

1935 年 1 月，红军强渡乌江成功，之后又迅捷智取遵义。这在客观上为中央红军的休整提供了条件。经过酝酿，党和红军领导人为遵义会议的召开作了充足的准备。毛泽东、张闻天、王稼祥经过共同讨论，由张闻天执笔写出一个反对

"左"倾教条主义军事路线的报告提纲。

15日，中央政治局扩大会议在遵义老城枇杷桥召开，会议的主要议题是"检阅在反对五次'围剿'中与西征中军事指挥上的经验与教训"。

博古首先作了关于第五次反"围剿"的总结报告。他将红军的失利归结为敌强我弱，过多地强调了客观原因。接着，周恩来作了副报告。他则提出红军失利的主要原因是军事领导战略战术的错误，并主动承担了责任。

针对博古为第五次反"围剿"失利所做的辩护，张闻天首先站起来批判。在长达1个多小时的发言中，他手执"提纲"，侃侃而谈，矛头直指博古、李德，而且在摆事实、讲道理的基础上，点名道姓地加以批评。他的发言一针见血地指出，第五次反"围剿"以来红军接连失败的主要原因是博古、李德在军事指挥上犯下的一系列严重错误，并揭露了他们试图推脱罪责的本质，被视为博古报告的"反报告"。

张闻天的发言宛如剥笋一般，从现象到本质，从事实到理论，逻辑严谨，措辞激烈，引爆了与会者积压多日的对"左"倾领导的不满和怨气，从而有力地批评了博古、李德的错误指挥，为遵义会议彻底否定单纯防御军事路线定下了基调。同时，张闻天首先站出来作这个"反报告"，也是他从"左"倾中央领导集团中分化出来，同"左"倾错误路线决裂的标志。

1935年二三月间，在从威信到鸭溪的行军途中，陈云撰写了《遵义政治局扩大会议传达提纲》手稿，其中对遵义会议讨论的概况作了如下简要的述评："扩大会中恩来同志及其他同志完全同意洛甫及毛王的提纲和意见，博古同志没有完全彻底的承认自己的错误，凯丰同志不同意毛张王的意见，A同志完全坚决的不同意对于他的批评。"

从中不难看出，张闻天的"反报告"是遵义会议上的主导意见，得到了周恩来和除博古、凯丰和李德以外的其他同志的"完全同意"。也就是说，"洛甫及毛王的提纲和意见"代表了党中央政治局多数同志和各军团首长的共同意见。

遵义会议结束时，指定张闻天起草决议。他根据毛泽东的发言内容起草了

《中央关于反对敌人五次"围剿"的总结的决议》。《决议》指出，"军事上的单纯防御路线，是我们不能粉碎敌人五次'围剿'的主要原因"；同时，充分肯定了毛泽东在历次反"围剿"战役中总结的符合中国革命战争规律的积极防御的战略和战术原则。

毛泽东后来在中共七大期间关于选举的讲话中说："如果没有洛甫、王稼祥两个同志从第三次'左'倾路线分化出来，就不可能开好遵义会议。"可以说，没有张闻天的襟怀坦荡和仗义执言，没有他为了党的利益一无所惜、除了党的利益一无所求，或许没有遵义会议的胜利召开。

"反报告"为遵义会议彻底否定"左"倾军事路线作了很好的铺垫，也为毛泽东的发言奠定了基础，功不可没，永留史册。

（摘自《解放军报》2015 年 1 月 14 日）

遵义会议的那些历史细节（下）

褚　银　章世森　晁　华

三、"关键一票"的关键作用

在 1932 年 10 月举行的宁都会议上，当苏区中央局决定解除毛泽东的军事指挥权时，时任红军总政治部主任的王稼祥表示坚决反对，主张毛泽东留在前线指挥部队。

被解除军权的毛泽东十分失意痛苦，用他自己的话来说："那时候，不但一个人也不上门，连一个鬼也不上门。"而此时，王稼祥不仅没有疏远毛泽东，反而更加亲近他，这增进了两人之间的革命友谊。

战略大转移中，在毛泽东的积极争取下，王稼祥同毛泽东、张闻天等被编在一纵队所属的中央队结伴同行。

一天，王稼祥不无忧虑地对毛泽东说："目前形势已非常危急，如果再让李德这样瞎指挥下去，红军就不行了！要挽救这种局面，必须纠正军事指挥上的错误，采取果断措施，把博古和李德'轰'下台。"毛泽东忙问："你看能行吗？支持我们看法的人有多少？"王稼祥坚定地说："必须在最近时间召开一次中央会议，讨论和总结当前军事路线问题，把李德等人'轰'下台去。"

接着，王稼祥先找了张闻天，详细谈了毛泽东和自己的主张，三人逐渐形成了比较一致的看法。他们又利用各种机会，找了聂荣臻等其他一些同志，一一交换意见，并获得了大家的支持。与此同时，毛泽东又同周恩来、朱德进行了谈话，也得到了他们的支持。周恩来后来回忆说："从湘桂黔交界处，毛主席、稼祥、洛甫对批评错误的军事路线，一路开会争论。在黎平，争论尤其激烈。"

在随后召开的通道、黎平和猴场会议上，毛泽东战略转兵的正确主张得到了多数人的拥护和支持。1935 年 1 月 7 日，中央红军占领黔北重镇遵义城。

15 日至 17 日，中共中央在遵义召开政治局扩大会议。到会的 20 人中，除了政治局委员和候补委员外，还有红军总部和各军团的主要负责人。王稼祥作为中央政治局候补委员出席了这次会议。

会议开始，博古作"主报告"，周恩来作"副报告"，张闻天作"反报告"，毛泽东就长征以来的各种争论问题作长篇发言……如此一来，会场上出现了两种完全对立的思想观点和路线方针。一场严肃而深刻的党内斗争，就完全摆到桌面上来了。

在这关键时刻，王稼祥挺身而出，旗帜鲜明地支持毛泽东的意见。同时，他严肃地批评了博古、李德在军事指挥和战略战术上的错误，指出第五次反"围剿"以来红军接连失败的原因，"就是李德等一再地拒绝毛泽东等同志的正确意见，否定了他们和广大群众在长期斗争中共同创造并行之有效的实际经验，少数人甚至个别人实行脱离实际的瞎指挥。"他郑重建议，立即改组中央军事指挥机构，取消李德和博古的军事指挥权，由毛泽东参与军事指挥。周恩来、朱德、刘少奇、陈云等同志相继表态支持。至此，毛张王的正确主张得到了绝大多数与会同志的完全同意。

多年后，王稼祥在回忆遵义会议时谈道："我是带着伤发着烧参加会议的。毛泽东同志发言之后，我紧接着发言。我首先表示拥护毛泽东同志的观点，并指出了博古、李德等在军事指挥上的一系列严重错误，尖锐地批判了他们的单纯防御的指导思想，为了扭转当前不利局势，提议请毛泽东同志出来指挥红军部队。"伍修权同志也曾在回忆录中写道："客观地讲，促成遵义会议的召开，起第一位作用的是王稼祥同志。"正是王稼祥这"关键一票"，在历史的重要关头起了关键作用。

四、 与会者的"唇枪舌剑"

博古近乎推卸责任的报告让与会人员深感失望，很多人流露出不满的情绪。而周恩来就军事问题所作的副报告则说出了绝大多数同志的心声，得到了与会代表的热烈响应。对于批评，李德、博古、凯丰等人听得直皱眉头，表情十分尴尬。

主、副报告作完之后便是大会发言。张闻天作"反报告"的话音刚落，毛泽东便一反常态，站起来说："我来说几句。"他点名批评了博古、李德，指责他们无视红军打运动战的传统策略："路是要用脚走的，人是要吃饭的。""领导者最重要的任务是解决军事方针问题，而你们根本不顾这样明白的现实。假如一个指挥员不了解实际地形和地理情况，只知道根据地图部署阵地和决定进攻时间，他肯定要打败仗。"他稍稍停顿一下后，又一针见血地指出：在前四次反"围剿"作战中，红军都面临数倍于己的敌人，却都取得了作战的胜利，唯独第五次反"围剿"落得惨败的结果，这归根到底是军事策略和指挥的问题，是李德和博古忽视红军运动战的优良传统，脱离红军实际情况所造成的恶果。

毛泽东的论述鞭辟入里，一下抓住了问题的实质，引起了与会人员的强烈共鸣。两条泾渭分明的军事路线激烈地撞击着、冲击着每一个与会同志的思想。博古被批驳得面红耳赤，无奈地说道："我要考虑考虑。"

素来谦逊稳重、宽厚慈祥的朱德，这次也声色俱厉地追究起临时中央领导的错误。他大声质问李德："有什么本钱，就打什么仗，没有本钱，打什么样仗？"同时，他还严肃地指出："如果继续这样的领导，我们就不能再跟着走下去！"周恩来在发言中也支持毛泽东对"左"倾军事错误的批判，全力推举毛泽东参加军事指挥。他严肃地说："只有改变错误的领导，红军才有希望，革命才能成功。"

凯丰会前就忙着四处活动，拉拢人心。他曾找到红1军团政委聂荣臻，三番五次地劝他支持博古，但遭到拒绝。在会上，他狂妄地对毛泽东说："你打仗的方法一点都不高明，你就是照着《三国演义》和《孙子兵法》打仗的。"毛泽东反驳道："打仗之事，敌我形势那么紧张，怎能照书本去打！我并不反对理论，它非有不可，要把马列主义当作行动指南，决不能变成'书本子主义'！"

李德远远地坐在门旁，只能通过伍修权的翻译来了解其他人在说什么。他一边听一边不停地抽烟，神情十分沮丧。他也一度为自己军事上的"左"倾教条主义错误辩护，拒不承认自己的错误，还想把责任推到客观原因和临时中央身上。但此时，他已经理不直、气不壮了。大概他也意识到"无可奈何花落去"，自己很快就将失势无权了，只能硬着头皮听取大家对他的批判。

那些来自作战第一线的指挥员们，出于对错误路线危害的切肤之感，个个言辞激烈，会场出现要求结束李德、博古在红军指挥权的场面。之后，李富春、刘少奇、陈云等领导人也在会上发了言，支持毛泽东的正确意见，赞成王稼祥、张闻天、周恩来的正确建议，主张撤换博古的领导职务，由毛泽东出来指挥。

就在这中国革命生死攸关的转折点上，遵义会议独立自主地解决了党中央的组织问题，结束了"左"倾路线在中央的统治，实际上开始了以毛泽东为核心的党中央的领导，在最危急的关头挽救了党和红军。

（摘自《解放军报》2015年1月14日）

一场重写历史的强渡

袁新文　张　璁

距今四川雅安石棉县城11公里处，有一狭长的谷地，大渡河与松林河穿过崇山峻岭汇聚此处，咆哮着奔泻而下。此地河道陡峻，险滩密布，水流湍急，却因为曾是大渡河上为数不多的渡口之一，历来为兵家必争之地。

清光绪年间，这里山洪暴发，街市尽毁，于是重建之后取"山地久安，河流顺轨"之意，改名为"安顺场"。然而，这个看似不起眼的渡口，在中国近现代史上却从不平静，一前一后来到这里的两支部队的命运截然不同。

"大渡河流急且长，梯山万众亦仓皇。"当时光倒回到1863年5月，太平天国翼王石达开率部由滇入川抵达紫打地（今安顺场）时，面对湍急的水势一筹莫展，4万多人马被困于河边进退维谷一个多月，不久陷于清军数十万之众的重重包围，最终无力回天，全军覆没。

历史的步履有时惊人地相似，却踩出了完全不同的足印。

　　时隔72年之后，1935年5月24日晚，中央红军先头部队也抵达了安顺场，准备由此渡江。蒋介石方面认定"共军插翅也难飞"，喊出"要朱、毛做第二个石达开"。

　　英雄末路之地，没能困住红军。红军在此完成了强渡大渡河的壮举，并继续了人类军事史上的奇迹——长征。

一

　　记者在寻访安顺场的途中，偶遇了一位同样来此缅怀先烈的老人——细问才知，他叫孙东宁，正是当年强渡大渡河的红一方面军第一师第一团第一营营长孙继先的儿子。1990年孙继先在济南病逝后，孙东宁按其遗愿，将父亲的骨灰撒入大渡河，永远与这片山河化为一体。

　　孙东宁对他父亲的回忆，串起了眼前滚滚奔流的大渡河与那场惊心动魄的战斗的时间联系。1935年遵义会议之后，中央红军在短短的几个月内四渡赤水，重占遵义，南渡乌江，佯攻贵阳，威逼昆明，巧渡金沙江，并在坚持正确的民族政策而顺利通过彝族地区后，向大渡河畔挺进。但这时红军的处境依然异常险恶：蒋介石飞临成都亲自督战，数十万国民党中央军在后面追击，四川军阀刘湘、刘文辉等又调遣部队扼守各主要渡口，据险固守。

　　当年红军通过彝族地区并强行军140里路后，孙继先的一营在安顺场前一个镇子接到任务：消灭安顺场守敌，找到船只，抢渡天险大渡河，打出一条路来。

　　在后来于河畔修建的中国工农红军强渡大渡河纪念馆里，记者找到了当年安顺场渡口上一只渡船的复制品。原来，大渡河上水流太急，又多险滩暗礁，只能靠当地特有的一种长约8米、须配备10多名船工、一次只能载十几人的翘首木船摆渡。

　　孙继先曾在回忆文章中讲述：敌人显然没有想到红军会来得这样神速，安顺场上的战斗经过20多分钟就基本解决了。可让人揪心的是，红军在这里没发现渡船的踪影——后来据俘虏交代，当时所有民船都被拢到对岸去了。

"正在此时，忽然听到东南方向响起一阵枪声，不一会儿，二连一个战士跑来报告：'营长，找到一条船！'"孙继先的文章中这样写道，原来战士们沿河搜索时，恰好发现了仅有的一条渡船……

二

81岁的宋元勋老人陪同记者走访了当年大渡河边的战斗遗迹。宋元勋出生那年，红军来到了安顺场，他从小就听老人们讲那段故事，岳父杨文有就是当年为红军强渡大渡河摆渡的77名船工之一。

"敌人在对岸修筑了工事，俯视整个河面，必须先拿下才能夺取渡口。但是只有一条渡船，还要搭载船工，不可能把所有人都渡过去，只能挑出十几个战士先抢渡。"宋元勋说，当时要挑选战士的话刚说出去，各连就你争我抢了起来，"明知执行这个任务有多么大的危险，可是对于谁上'第一船'都互不相让。"

孙继先亲自挑选了17位勇士，组成突击队，由二连连长熊尚林带领，每人背一支短枪，一支花机关枪，带一把大刀，几个手榴弹，乘着渡船冲进了敌人严密把守着的大渡河。

当时战斗的一幕，在新中国成立后被指挥战斗的团长杨得志记录于《大渡河畔英雄多》一文："船工们一桨连一桨地拼命划着，渡船随着汹涌的波浪颠簸前进，船四周满是子弹打起的浪花。几乎岸上所有人的注意力都集中在渡船上。突然，一发炮弹猛地落在船边，掀起一个巨浪，渡船剧烈地晃荡起来。"

但勇士们还是拼命靠上了对岸，并沿着台阶向敌人的工事发起进攻。宋元勋指着一个复原的炮楼告诉记者，当时敌人一营有几百人，红军除了在河的这岸架设轻重机枪对其火力压制之外，当时还有"神炮手"赵章成，他将仅有的几发炮弹全部命中了敌人的要害。

枪林弹雨中，勇士们杀得敌人的"双枪兵"溃不成军，终于攻占了对岸，强渡大渡河的壮举从此写进历史光辉的一页。纪念馆讲解员在一块巨大的战场沙盘前演示了后来的战情：红军控制渡口后，又缴获了两条渡船，并加紧抢渡，前后共渡过 8000 余人。

三

今天，在大渡河畔矗立着一座安顺场八一希望小学，强渡大渡河的故事以学生们组成"十七勇士中队"的方式被纪念着。记者来到学校时看到墙上悬挂着一幅标语："我们是红军的血脉，我们是革命的后代。"多年以来，这所学校经中国人民解放军多次援建和灾后恢复重建，继续传递着红军的精神。

记者循着历史的足迹一路北上来到塞北张家口，这里驻扎着其中一支当年渡河的种子部队，今天的 65 集团军某机步旅。

步入军营，首先映入眼帘的就是一方巨石上刻着的三个大字——"红一师"。在其旅史馆内，大量的展品讲述着这支部队由其前身中国工农红军第一方面军第一军团第一师一步步走来的光荣历程，"强渡大渡河""狼牙山五壮士"等脍炙人口的英雄故事都在这里。"大渡河精神首先是敢打头阵，奋勇争先。"该旅政委刘海成这样对记者说，这股精神今天依然激励着全旅官兵。

在众多的红军故事里，当年强渡大渡河的第一只船上还曾发生过这样一幕：当时第一船的渡河突击队马上要出发，一个小战士突然跑出来哭嚷着"我要去，我一定要去"。他的求战情绪感染了指挥员，最后批准他上了船，他也成为后来强渡大渡河的勇士之一。

记者在战士们中间采访时，发现了这一脉相承的精神依然闪耀的例证。1990年出生的刘刚，2009 年底从清华大学中断大三学业参军入伍。有一年某地发生山林火灾，连队奉命前去救火。准备登车之际，指导员怎么数都多了一个人，原来是刘刚悄悄加入了队伍。"有了急难险重任务，连队怎么能落下我呢？"在刘刚一再要求之下，指导员最终答应了。采访中，战士们告诉记者，这样的人才有红军部队特有的兵味。

"红军将士用自己的鲜血诠释了什么是信仰、什么是忠诚。今天，我们接过前辈手中的枪，更要传好红军心中的魂。"在旅史馆的留言簿上，记者看到官兵们留下的这样一段话。

最好的传承是行动。在纪念抗战胜利 70 周年大阅兵中，打头的"狼牙山五壮士"英模部队方队就由该旅参与组建，每一位参阅官兵都把严谨细致的作风发挥到极致：摆头方向精确到度，行进步幅精确到厘米，计算步速精确到秒……

从北到南，大渡河精神生生不息。当年奋勇登上"第一船"的二连，在长征途中被誉为"大渡河连"，历经革命战争岁月血与火的洗礼，如今这个光荣的名字被带到香江之畔，在和平年代成为驻港部队中一面鲜亮的旗帜，并被中央军委命名为"香港驻军模范红二连"。

冲出安顺场，突破大渡河，红军打开了北上的道路，而当年那支红军留下的种子部队还在续写着新的辉煌……

（摘自《人民日报》2016 年 10 月 14 日）

中国共产党在抗战中的中流砥柱作用不容否定

龚 云

2015 年是抗日战争胜利 70 周年。媒体上一些称为"国粉"的人，拿特定时期大陆对国民党抗战的叙述说事，不满意大陆对抗战历史的叙写，抱怨大陆对国民党抗战宣传不够。同时，这些人重复 70 多年前国民党的老调，攻击中国共产党在抗日战争中"游而不击"，乘机"坐大"，说国共之争是"权力之争"，"没有是非"。当然，我们承认过去有一段时期对国民党正面抗战作用肯定不够。改革开放这些年，大陆方面已经充分肯定国民党正面抗战的积极作用。但是，我们不能矫枉过正，走到否定中国共产党在抗战中中流砥柱作用的方向，对抗战中国民党反共的事实视而不见，对抗战中国共之争和稀泥，甚至黑白颠倒。我们必须对抗战中国共之争坚持阶级分析法，分清历史是非。

阶级分析法是一种基本的分析法。在分析历史问题时，马克思主义者不应离开分析阶级关系的正确立场，"首先了解，哪一个阶级的运动是在这个具体环境里可能出现的进步的主要动力。"阶级分析法是分析阶级社会现象的有效钥匙。没有这个方法，就会得出一些错误、肤浅的结论。

国民党顽固派为什么在抗日战争中屡次制造摩擦，多次屠杀坚持抗战的共产党人，攻击共产党在抗战中是扩充权力、争夺地盘？这些问题用阶级分析去分析，很容易得出正确结论。那就是国民党虽然坚持了民族立场，但是始终不愿放弃其代表大地主大资产阶级的阶级本质，害怕代表人民利益的中国共产党在抗战中发展壮大。中国人民抗日战争之所以能够长期坚持并取得最后胜利，主要是中国共产党代表了近代中国社会生产力发展的要求，代表了中国最大多数人民的根本利益，代表了中华民族的发展方向，发挥了中流砥柱作用。在 1937 年卢沟桥事变后的八年抗战中，中国共产党领导的敌后军民对敌作战共达 125165 次，歼灭日伪军 171 万人，其中日军 527000 多人。正是这些看似规模比较小的游击战争，使日军陷入人民战争的汪洋大海中被大量消耗、长期牵制。日本著名的战略理论研究者山崎重三郎指出："世界上虽然有各种各样的游击战争，但只有毛泽东率领的中国共产党军队在抗日战争中进行的游击战，堪称历史上规模最大、质量最高的游击战。他的游击战和运动战相结合，在中国打败了日本人。"

一些人否认共产党领导的敌后战场的作用，散布所谓八路军"游而不击"，制造所谓中共利用抗战"坐大"的奇谈怪论。历史事实是，八路军、新四军是在敌人的后方抗击日军、建立抗日根据地的，如果不战斗、不苦斗，在强敌包围之中，就是一天也"游"不下去，也"坐"不住的。中国共产党为人民争夺地盘、从日本占领下收复失地，这有什么不对？正是中国共产党在抗日战争中始终代表人民最根本利益，与国民党进步将士一道，团结带领广大人民，打败了日本侵略者，并在抗战胜利后短短数年内就赢得了新民主主义革命的胜利，建立了人民当家做主的新中国。

因此，在全面研究抗日战争历史时，必须坚持马克思主义的阶级分析法，在充分肯定国民党抗战作用的同时，指出其实质是代表大资产阶级、大地主阶级的利益，实事求是指出国民党抗战中反共、消极抗战的事实，这也是还原历史真相，对历史负责，对人民负责。不能因为肯定国民党抗战积极作用而导致否定中国共产党抗战的中流砥柱作用和抗战后解放战争的正义性，必须导正年轻一代的历史观。

（摘自光明网 2015 年 8 月 18 日，有删节）

1949 年周恩来因何事"失踪了"整整一星期

孟昭瑞

1949 年 5 月下旬，周恩来、李维汉代表中共中央分别同在北平的中国国民党革命委员会、中国民主同盟、中国民主建国会、中国人民救国会、上海团联等民主党派、人民团体负责人频繁接触，商议通过成立新政协筹备会来进行各项筹备工作的问题。

通过大量艰苦细致的工作，在新政协筹备会正式开幕之前，各民主党派和无党派民主人士中的绝大多数，在彻底推翻国民党统治、以新民主主义建立新中国两个基本问题上，与中国共产党取得了基本一致。

1949 年 6 月 11 日，新政协筹备会举行预备会议。会议商定参加新政协筹备会的单位为 23 个，共 134 人。

6 月 15 日，新政协筹备会在北平成立，并举行筹备会第一次全体会议。会议选举通过了毛泽东、周恩来、朱德、李济深、张澜、沈钧儒、谭平山、章伯钧、黄炎培、马叙伦、蔡廷锴、马寅初、郭沫若等21人组成的新政协筹备会常务委员会。会议推选中共代表毛泽东为常委会主任，中共代表周恩来、民革代表李济深、民盟代表沈钧儒、无党派人士代表郭沫若、产业界民主人士代表陈叔通为副主任。并决定李维汉为秘书长，齐燕铭等9人为副秘书长。

那一天，我是作为华北画报社的摄影记者，被派去拍摄新政协在中南海勤政殿举行的筹备会的。但因为当时摄影记者非常短缺，根本没有今天专项或专职记者的说法。特别是在新中国成立前夕，各界的活动多穿插进行，我也必须在几个活动中间来回穿梭。好在新政协筹备会第一次全体会议中，几个最有意义的镜头都被我捕捉到了。

1949年6月15日，新政协筹备会常务委员会21名委员，除张澜未到会外，都出现在中南海勤政殿。

中途休息期间，会议安排筹备会常务委员会全体成员合影留念。照相场地就安排在勤政殿前面的空地上，众人身后是那两根勤政殿特有的、未上漆的仿古圆木柱子。工作人员事先已安排好了委员们的站位顺序，周总理应该站到第一排，紧挨着毛主席左边，但周总理拒绝了这一安排，他悄悄地站到了最后一排最靠边的位置。

这个举动虽小，却体现了周恩来对民主人士的尊重和谦虚严谨的工作作风。

这次会议，我第一次见到毛泽东主席，并第一次为毛主席拍照。当时，毛主席同筹备会常务委员们合影之后，就坐在室外的椅子上同民主人士谈笑风生。他那种发自内心的微笑吸引着我，我想给毛主席拍一张单人照。可当我走到主席跟前时，我那拍过战争场面的双手竟不由自主地颤抖起来，以至于平时可以随心所欲摆弄的相机也不听使唤了。毛主席看出我有些怯场，他微笑中带着鼓励说："别着急，慢慢来。"他那一口湖南话很快使我的心情松弛下来，我恰到好处地摁下了快门，果然是一幅让我满意的照片。毛主席的神情相当亲切、朴实、自然。

为准备新政协会议，筹备会常务委员会下设了六个小组，分别负责一个方面的具体工作。

筹备会第一次全体会议于 19 日结束，历时 5 天。

从 6 月 15 日至 9 月 20 日，新政协筹备会共举行了 8 次会议，成果颇丰，筹备会向 9 月 21 日召开的中国人民政治协商会议第一届全体会议提交了多份草案，并都得以通过，如《中国人民政治协商会议共同纲领》《中国人民政治协商会议组织法》《中华人民共和国中央人民政府组织法》，新中国的国都、纪年、国歌、国旗的最后确定等 4 个决议案。

其中《中国人民政治协商会议共同纲领》（简称《共同纲领》）是新中国历史上一份极其重要的文献。它解决了建立一个什么样的新国家，以及怎样建立一个新国家这样极为重大的问题。在新中国第一部宪法诞生前，它实际上起到了临时宪法的作用。而《共同纲领》的理论基础和政策基础则是毛泽东在七届二中全会上的报告和《论人民民主专政》。

当时解放战争尚未结束，作为中央军委副主席的周恩来，要协助毛泽东处理战事，作为新政协筹备会的常务委员，他不仅要亲自出面协调各方面的关系，而且要处理不少党务工作，要真正静下心来起草《共同纲领》，绝非易事。

但相比较而言，《共同纲领》是不可马虎的大事。因此，周恩来亲自同毛泽东商量，暂时放下手头的诸多事务，集中一段完整的时间来完成《共同纲领》的起草工作。

为此，周恩来把自己关在中南海勤政殿整整一个星期。有人开玩笑说，大忙人周恩来"失踪了"。

到 8 月 22 日，《共同纲领》草案已是五易其稿。这天深夜，周恩来才将铅印稿送毛泽东审阅，并附信说明："主席，只印了五十份，各人尚都未送。待你审阅后看可能做修改的基础，然后再决定需否送政治局及有关各同志审阅。"这份草案与李维汉此前起草的纲领比较，仅从名称上看似乎只少了"革命"两个字，但这样的删减并非两个字那么简单，其中蕴藏着不同寻常的意义。

毛泽东仔细阅读了这份《共同纲领》草案，并进行了技术性的结构调整，一些段落也做了修改。

在此期间，从 9 月 10 日晚 9 时起，周恩来、胡乔木等在毛泽东处一起讨论、修改《共同纲领》草案，直至次日晨 7 时。也就是说他们整个晚上没有一刻休息，一口气讨论了 10 个小时！毛泽东在 9 月 3 日给胡乔木的便条中，特意附笔"你应注意睡眠"，说明他知晓胡乔木连续熬夜的情形，表示同志般的关心。而毛泽东自己，有时工作起来也通宵达旦，甚至几天几夜不合眼。周恩来也是如此。9 月 10 日晚的工作情形就是一个鲜明的例子。

对 9 月 13 日稿，毛泽东仍有多处修改。

（摘自人民文学出版社《共和国震撼瞬间》一书）

1956 年：思考和探索中国自己的路

佚 名

　　1956 年，是新中国探索自己的社会主义道路的开端。这一年的许多重大举措，对以后的历史发展产生了深远的影响。

　　"最近苏联方面暴露了他们在建设社会主义过程中的一些缺点和错误，他们走过的弯路，你还想走？过去我们就是鉴于他们的经验教训，少走了一些弯路，现在当然更要引以为戒。"

　　这是苏共二十大后，毛泽东在 1956 年 4 月《论十大关系》的讲话中告诫全党的话。"以苏为鉴"，思考和探索自己的道路，是贯穿这篇文章的基本思想。在这篇讲话中，毛泽东号召："我们一定要努力把党内党外、国内国外的一切积极的因素，直接的、间接的积极因素，全部调动起来，把我国建设成为一个强大的社会主义国家。"此后，党和政府进行了多方面探索。

　　社会主义建设需要大批知识分子参加，为解决知识分子问题，1956 年 1 月，中共中央在北京召开了关于知识分子问题的会议。周恩来在会上作《关于知识分子问题的报告》，明确提出知识分子的绝大多数"已经是工人阶级的一部分"。会后，中共中央先后发出多个关于知识分子问题的文件，推动了全国知识分子工作的开展。全国一时掀起了一个贯彻知识分子问题会议精神的热潮，吹响了"向现代科学进军"的号角。

为了发展文化和科学，5月初，毛泽东在最高国务会议上正式宣布了"百花齐放、百家争鸣"的方针。他说："在艺术方面的百花齐放的方针，学术方面的百家争鸣的方针，是有必要的。""双百"方针的提出，犹如一面镜子，折射出一个政治稳定、经济发展、人民团结的国家形象，反映了繁荣文艺、发展科学的时代要求。《论十大关系》和"双百"方针的主旨完全一样，就是要把一切积极因素调动起来，为人民服务，为社会主义服务。

9月，中国共产党第八次全国代表大会召开。大会指出：社会主义制度在我国已经基本上建立起来；国内主要矛盾已经是人民对于经济文化迅速发展的需要同当前经济文化不能满足人们需要的状况之间的矛盾；全国人民的主要任务是集中力量发展社会生产力，实现国家工业化，逐步满足人民日益增长的物质文化需要。大会坚持既反保守又反冒进即在综合平衡中稳步前进的经济建设方针，着重提出了加强执政党建设的问题。一场新的建设热潮——发展经济，发展文化，巩固新制度，建设新国家——在中华大地上轰轰烈烈地展开了。

（摘自新华网 2009 年 8 月 8 日）

愿我们体面地老去
曲哲涵

前些日子，微信圈里热传一则反映日本老年社会现状的帖子——《如果今早我没有拉开窗帘，麻烦您帮我料理后事》，说的是一位 91 岁的独居老奶奶伊藤千惠子，担心自己死后不能及时被人发觉，拜托邻居每天早晨看一眼她的窗帘是否拉开。

伊藤千惠子居住的小区建于 20 世纪 60 年代，曾是东京最大的社区。随着老龄化社会到来，小区往昔的欢腾热闹已不复存在，到处是乏人照料、生活孤独的老年人。甚至每年夏天高温时段，这里都有独居老人死于家中……

曾经充满活力的社区垂垂老矣，令人惋叹。如今，中国也一只脚步入老年社会——城市家庭的少子化已成趋势，即便是在生育意愿相对较高的农村，由于年轻人普遍外出打工，50 岁、60 岁一代人照顾 70 岁、80 岁一代人的情形也非常普遍。50 年后，我们会不会也像千惠子那样，靠一扇窗来维系与外界的联络？这个问题，不敢去想，却必须要面对。

如何让人们体面地老去？一方面，应调整完善生育政策，优化人口结构，降低人口抚养比；做大社会财富蛋糕，增加养老金储备，夯实养老物质基础，这是应对"老年危机"的根本。另一方面，应积极建设"适老化"的社会环境，发展养老产业，提升养老公共服务水平，尽可能减缓"一起变老"带给社会、家庭、个人的冲击。

目前，我国的养老产业发展还比较粗放，养老设施、养老机构供给总量不足且品质不高，老年消费品市场鱼龙混杂，少有龙头企业和知名品牌。2016 年《老龄产业发展报告》显示，国内老年日用品类较缺乏，老龄生活所需器械及护理用品质量喜忧参半，老年文化用品开发生产不足。日本市场的老龄用品超过 4 万种，我国只有 2000 多种，是日本的 1/20。

改变这种现状，需要加强统筹规划，加大对老年产业的扶持力度。比如根据老年人口的年龄分布、区域分布、经济收入分布及变化趋势等，做好老年产业中长期发展规划，特别是顺应科技发展潮流并适应未来人口结构，做好智能化养老产业规划，鼓励民间资本和外资进入，加大在项目审批、用地审批、信贷优惠、税收减免、公用事业收费等方面的支持力度，促使老年产业成长壮大。

说起婴幼儿产品，"强生""好孩子"等一大批品牌会从我们脑海中蹦出来。可说起老年消费品，大家耳熟能详的品牌又有几个？电视购物节目中那些老年产品你方唱罢我登场，赚了一笔就跑路……老年用品市场前景广阔，需要有一批商家踏实打造百年老店，更需要监管部门积极作为，维护老年人权益，让他们享受更优质的晚年生活。

在完善养老公共服务体系方面，也还有很多文章可做。这些年，一个"广场舞"的问题就搞得很多社区物业、基层管理部门人仰马翻。事实上，只要开阔思路、整合资源，场地难题并非无解。比如可以改造社区楼顶，加上隔音防护栏，建成小型场地；也可以分时段租用学校操场，"孩子回家，奶奶起舞"，提高公共资源的利用率。再比如，针对缺乏配套养老设施用地、用房的老旧社区，政府可以出资或向社会募资，从居民手中购买一些住宅，改造成"老年活动室"。此外，在一些公共场所，休息座椅、老年人专用卫生间等严重不足，无障碍轮椅步道更是稀有配置，这些都需要进行"适老化"改造。在完善探亲假等政策方面，也有很大的改进空间。

这些年，为了做好公共服务，一些管理者"骑单车""下水游泳"，进行体验式调研。面对老年潮，相关管理部门人士不妨也进行"角色扮演"，体验一下卧床老人独自在家的饮食、看护需求；或者坐上轮椅，在城市大街小巷里转上一圈；也可以打开电视、广播搜搜老年人喜欢的节目。如此实打实地感受老年人衣食住行玩的质量，一定会发现很多题目。

（摘自《人民日报》2017 年 12 月 22 日）

让更多"夹心层"实现安居梦

王石川

当前，多样化住房供给呈百花齐放之势。据媒体报道，浙江杭州首次挂牌出让一块"租赁住房"用地，未来项目建成后"只租不售"，全力呵护房屋租赁市场；广东省广州市房屋租赁信息服务平台上线，房源真实、价格透明，"租房再也不用担心被坑"。此外，上海市发布《上海市共有产权保障住房管理办法》，正在试点的共有产权房，同廉租房、公共租赁住房、征收安置房一起构成上海"四位一体"的住房保障体系。每一种有益探索，都是践行"房子是用来住的，不是用来炒的"定位。

"坚持房子是用来住的，不是用来炒的定位"，习近平总书记在十九大报告中的重申，赢得了与会代表的热烈掌声，这掌声是认同，是激赏，更是冀望。毋庸讳言，当前，一些城市房价虚高，让一些市民无力买房。如果说推出廉租房是为低收入群体兜底，那么买不起商品房又没资格租住廉租房的"夹心层"，则处于

"上不着天、下不着地"的尴尬境地。

我们常说的"夹心层",多指刚踏入社会的青年群体、创业群体。当前,住房难题影响了"夹心层"的生活品质,也侵蚀着他们的归属感。让"房住不炒"贴地而行,释放出预期效应,让"夹心层"不再为住房问题而犯愁,在所生活和工作的城市更加踏实,的确刻不容缓。

纾解"夹心层"的房屋焦虑,应该从保障他们的租房权益入手。从"有住房"到"有房住",从"居者有其屋"到"住有所居",不少"夹心层"已刷新观念,不再追求必须拥有产权住房,租房是可接受的选项,但在现实面前他们有苦难言:从被无良中介坑骗,到租房品质不佳;从租房无法享有相应权益,到遇到问题维权难。

要让租户住得进、住得稳、住得安,现有的租赁体系应该尽快完善。众所周知,对于"夹心层"来说,租房不只是为了居住,还有更多渴望,比如孩子上学。应进一步推动公共服务均等化,将租房者纳入属地社会化管理体系,尽可能让他们享受到就近上学、就医等公共服务。

纾解"夹心层"的房屋焦虑,还应该在共有产权房上谋篇布局。当前,有的地方出台《共有产权住房管理暂行办法》,在共有产权住房的出租、回购、再上市以及后期监管等方面进行创新、突破和提高。比如严格再上市管理,满足更多无房家庭住房刚需。

归根结底,纾解"夹心层"的房屋焦虑,需要在稳定房价、增进权益上下功夫。正如2016年12月召开的中央经济工作会议所明确的,要坚持"房子是用来住的,不是用来炒的"的定位,综合运用金融、土地、财税、投资、立法等手段,加快研究建立符合国情、适应市场规律的基础性制度和长效机制。如何理解这种机制,可归纳为两点:一是既抑制房地产泡沫,又防止大起大落;二是既支持合理自住购房,又严格限制信贷流向投资投机性购房。

"中国特色社会主义进入新时代,我国社会主要矛盾已经转化为人民日益增长的美好生活需要和不平衡不充分的发展之间的矛盾。"一定程度上说,住房是衡量美好生活的一项重要指标。构建高端有市场、中端有支持、低端有保障的多层次住房供应体系，让每个人都住有所居，任重道远。但是，只要尊重房地产市场规律，坚持市场化改革方向，政府该补位时不迟疑，该保障时不缺位，就能满足多层次的住房需求，让包括"夹心层"在内的民众实现"安居梦"，更有归属感。

（摘自《光明日报》2017 年 10 月 31 日）

洋节崇拜　该掂掂文化分量

李　祥

坚守传统节日是一种从容的生活态度，是一个触及精神层面的厚重仪式，更显露着充分的文化自信，一旦我们舍弃了这沉甸甸的传统文化，而去对洋节洋文化趋之若鹜，才真的是"丢了西瓜捡芝麻"。

西方传统节日万圣节的气息颇为浓烈，在不少学校、商场、超市里，万圣节早就预热了。尤其是一些小学校和幼儿园，家长早早买了南瓜用来做雕刻，孩子们更是兴奋不已。想必接下来的平安夜、圣诞节也是每年学校的重头戏——洋节崇拜成了另一种"时尚"，甚至是必不可少的教育内容，真是要仔细掂量掂量轻重了。

节，表面是庆祝或祭祀，实则是以仪式来强调和重复精神特质。因此，节日包含了形式和内容两个层面的要素，其形成依赖于特定的历史、环境、政治、文化等因素。

从这个角度说，洋节崇拜是有着其自身局限性的。对大多数人来说，这些节日来源于商业宣传，之后经过层层包装，嫁接成为一个"节日"。这首先就丧失了人的主体性，将自己的生活娱乐交付于商业行为。更为深层次的局限在于，多数人消费了表面的节日，只复制过来一个"南瓜头"的形式，忽视了、也根本不可能接触到实质层面的文化底蕴。看似是"过节"，实际只是在娱乐罢了。

辩证地看待洋节崇拜，也许结论就不会这么逆耳。首先，过洋节是世界经济破壁发展、文化跨区融合的产物，唯有开放的、发达的城市和国家，才有可能不斜视、至少是允许其他文化形式的存在。这一点上，中华民族有着丰富的历史经验，56 个民族能够和谐发展，对全世界来说都是有示范意义的。其次，即便是过洋节，我们也更应该关注其对美德的强调，而不仅仅是大家围坐在一起吃个苹果，转过身后仍然我行我素。而更为关键的是，在崇拜洋节的同时，我们是否过好了我们自己的节日呢？除了吃吃喝喝，打打麻将，敲黑板强调的传统节日的精神特质，我们传承好了吗？可以说，坚守传统节日是一种从容的生活态度，是一个触及精神层面的厚重仪式，更显露着充分的文化自信，一旦我们舍弃了这沉甸甸的传统文化，而去对洋节洋文化趋之若鹜，才真的是"丢了西瓜捡芝麻"。

"盖并世列强，虽新而不古；希腊罗马，有古而无今。惟我国家，亘古亘今，亦新亦旧，斯所谓'周虽旧邦，其命维新'者也。"这是《国立西南联合大学纪念碑》碑文上的话，写于抗战胜利时期后。今日我们的文化自信，有着更为铿锵有力的理由：除了悠久的历史根基，我们还拥有坚实稳健的发展现实，这提供了成就的根基；中华文化绵延几千年依旧灿烂辉煌，更是说明中国找到了符合自己文化传统的发展道路、理论体系和社会制度，为文化自信提供了制度根基。

放着底蕴深厚的传统节日而不顾，只是在商业宣传的鼓动下迷恋洋节，甚至在幼儿园、小学的课堂上崇拜洋节，真是没掂量好分量，比较对轻重。只有坚持从历史走向未来，在延续民族文化血脉中开拓前进，我们才能做好今天的事业。于个人生活是如此，于学校教育、社会风气更是如此。

（摘自《北京晨报》2017 年 11 月 2 日）

土地流转咋让大家都受益

夏　祥　宋从峰

前几天，在浙江杭州当面点师傅的湖北监利农民杨军把父母请到了杭州，给他的包子铺帮忙。"我们两口子在江浙打工 10 年了，包子铺的生意挺好，早就想让父母过来帮忙，可他们就是舍不得家里的那点儿责任田。"杨军无奈地说。

"土地是咱农民的命根子，7.5 亩地也是地呀，包给别人种，将来要不回来咋办？"老杨说。但最近几年监利县推进土地流转的一系列举措逐渐打消了老杨的顾虑。2014 年晚稻收获后，在村干部的见证下，老杨夫妇与昊天合作社签订了土地入股耕种合同，然后放心地去了杭州。

湖北监利是劳务输出大县，农业兼业化、人口老龄化、土地粗放经营等问题突出。监利县巧做"加减法"，在尊重农民意愿的前提下大力推进土地流转，让想种地的人多种地，让不愿种地的人安心在外发展，最终让农民更多地享受到土地流转带来的红利。

"土地种好了，照样能'揽地生金'，通过土地流转实现了集约化经营，合作社种的地每亩比以前多收入 220 元！"周老嘴镇郭杨村种粮大户李强高兴地说。

在土地流转过程中，监利县政府做好服务，在农村社区内设立了 50 多个土地流转服务窗口，为土地流转双方无偿提供信息、供需信息登记发布、土地丈量、合同签订等服务。至于价格，则让农民直接与土地流入方定价、议价，让农民自己算算流转账是否划得来。

"前几年，我把地包出去，没办什么手续，常因为土地价格、使用年限跟户主闹矛盾。现在通过镇上签下流转合同，我就可以安心地在县城的服装厂上班了。"在县城佳美服饰加工车间上班的刘红芳对土地流转的好处深有感触。

以土地有序流转推动农业转型升级，监利县还大力培育育秧工厂、龙头企业等新型农业经营主体。"土地流转让水稻集中育秧、全程机械化等成为现实。监利水稻的复种指数逐年扩大，2014 年实现早稻、晚稻、再生稻各增 5 万亩，粮食总产再增 1 亿斤的目标。"监利县农业局局长李家模说。监利县土地流转面积达到 80 万亩，2015 年春耕前还将流转 20 万亩。近 3 年来，全县专业大户发展到 6000 多户，家庭农场由 37 家发展到 2323 家，专业合作社由 202 家发展到 620 家。

"发展现代农业，农村土地有序流转是一个重要前提，只有这样，才能提高农业生产组织化、专业化、规模化程度，才能在真正意义上实现农民增收、农村发展、农业增效。"监利县委书记董新发表示。

在监利县，流转土地中的低产田不在少数，为了支持土地向专业大户集中，该县采取奖励扶持和项目跟进的方式，土地流转到哪里，农田整治项目就跟进到哪里。2014 年，监利共整合资金 5.1 亿元，改造农田水利设施、道路和电网。

土地流转在催生规模经营、提高农业综合效益的同时，也把更多的农民从"不太挣钱、又走不开"的尴尬中解放出来，变成了土地流转有收入、工厂上班有收入、合作社入股有分红的"多薪农民"。周老嘴镇农民陈新发把土地流转给合作社后，自己在合作社种地，妻子王洪兰在当地的中泰电子公司上班，一年的收入在 6 万元以上。农村土地流转面积逐年增加，越来越多的农民从土地上解放出来，安心在工厂上班，解决了工业园区企业的用工问题。

（摘自《人民日报》2015 年 1 月 25 日）

别在比较中丢了根本优势

叶 帆

今天的中国正不断走向世界舞台的中心，人们越来越喜欢拿中国与其他国家比较。这很正常，也很必要。正确的比较能让我们有"自知之明"，进而扬长避短、取长补短。我们对中国道路的自信，在很大程度上也是源于国际比较。但在当下，一些人在比较中总是本末倒置，忘记了我国的根本优势。这一点需要警惕。

客观比较，今天的中国确有一些方面比不上发达国家。我们的天不如一些国家蓝，科技不如一些国家发达，这些都无须讳言。但改革开放以来中国的发展成就却是绝大多数国家难以企及的。这一点，中国人有切身感受，外国人也有公允评价。用以色列前总统西蒙·佩雷斯的话说："中国和平发展是人类历史上迄今取得的最伟大成就。"对于中国这样一个有着13亿多人口的大国来说，能在这么短的时间里实现整体跃升、跨越发展，走完发达国家用了几百年才走完的历程，必定是形成了人无我有的根本优势。否则，在千帆竞发的现代化浪潮中，为何中国能乘风破浪、风景独好？那么，这个根本优势是什么？就是坚持走中国特色社会主义道路。习近平同志指出："无论搞革命、搞建设、搞改革，道路问题都是最根本的问题。30多年来，我们能够创造出人类历史上前无古人的发展成就，走出了正确道路是根本原因。"可见，只有在道路这个最根本的问题上形成的优势，才是最根本的优势、第一位的优势。今天，我国的发展与其他国家的相比，最根本的优势就在于中国道路。

但也有一些人对中国道路不是那么自信，觉得中国在很多方面都存在问题。他们把点上的问题看成面上的问题，把偶发的问题看成体制的问题，把历史的问题看成现实的问题，唯独对自己国家的根本优势视而不见，甚至主张改旗易帜，走西方到处推销的发展道路。这样的倾向，不是幼稚天真，就是别有用心。当今时代，世情已经发生很大变化，西方发达国家在发展中曾经面临的历史机遇我们不会再遇到，曾经可以依赖的路径今日已不可行，我们又怎么可能通过复制其发展道路取得成功呢？就算当时那些机遇还在、路径还可依赖，我们又怎么可能通过简单模仿后来居上，让"学生"赶超"老师"呢？世界历史上，大国的崛起从来不是照抄照搬、依样画葫芦的结果。不顾国情模仿复制的结果，就如同邯郸学步，"曾未得其仿佛，又复失其故步，遂匍匐而归耳。"当今世界一些国家复制西方发展道路的结果，不正如邯郸学步吗？所以，中华民族要复兴，只能依据奋斗目标、时代特征、本国国情、自身条件，走出自己的一条发展道路来。中国道路就是这样一条道路。

在近代历史上，面对西方坚船利炮被迫"睁眼看世界"的中国人，也曾深入比较中国与其他国家之优劣，洋务派得出的结论是"中体西用"。但那时，中国最大的劣势不在"用"上，而在"体"上，固守三纲五常之体、封建专制之体，这是发展道路上最大的劣势。今天的中国，情况恰恰与此完全相反。虽然我们还要学习借鉴其他国家之"用"，但在"体"上却有根本优势，这就是中国特色社会主义道路之体。今天，如果借用"中体西用"这一概念表达我们对中国道路的自信，倒有几分贴切。

在未来的发展中，我们还要注意学习借鉴西方发达国家的有益成果，但要有"体""用"之辨，以"西用"强"中体"。换言之，学习借鉴是为了增加和扩大我们的根本优势，走好中国道路；而不是削弱甚至丢了我们的根本优势，走上改旗易帜的邪路。这一点，是坚定中国道路自信的题中应有之义。

（摘自《人民日报》2015 年 8 月 7 日）

改革开放 30 多年来的中国婚恋观变迁

谢 樱 帅 才

"2·14"情人节又到，在鲜花、巧克力价格再度上涨的甜蜜氛围中，爱情喧嚣过市。爱是什么？不同受访者向记者讲述的恋爱经历，呈现了一部 30 多年来中国社会经济快速发展下年轻人婚恋观的变迁史。

20 世纪 80 年代： 从"介绍对象"开始的自由恋爱

"在我们那个年代，爱情还是犹抱琵琶半遮面。"53 岁的长沙市民王光仁告诉记者。冲破十年禁锢的改革开放之初，爱情对于当时的年轻人来说，既向往又害怕。在当时，"介绍对象"是爱情萌芽的最普遍方式。

"到了适婚年龄，不少单位里的热心人就会撮合般配的年轻男女。"王光仁说，"选择对象不会过多考虑经济条件，而主要是看出身、阶级成分，人们对地主、富农、工商业者出身的年轻人还是有一点偏见，军人、司机是当时非常好的择偶对象。"

也有在生活中暗生情愫的，比如在当时"爱好文学"就是很值得男女青年为之动心的素质之一。私下递上一封浓情蜜意、热情盎然的情书，就是最"罗曼蒂克"的事情。

20世纪80年代的情侣们也不敢公然成双成对出现。"在街上或者公园约会，因为怕熟人看见，总是一前一后地走。"王光仁说。

手表、自行车、缝纫机，是当时结婚最普遍的"三大件"。

20世纪90年代："感情"遭遇"物质"

20世纪90年代，爱情便开始变得落落大方。比如，新进厂的年轻工人开始公开谈恋爱，在厂区散步时也会自然地拉起手。电影中那些曾被视为大胆的拥抱和亲吻，在街头巷尾也会看到。人们开始主动追求爱情，爱情被挑开了扭捏的面纱。

生活逐渐富足，感情瓜熟蒂落之后，有些年轻人开始大操大办婚礼。"当时就觉得，穿上洁白的婚纱走上红地毯是特别浪漫的事情，在婚前去照相馆拍婚纱照是非常时髦的。"在42岁的张辉搬出的华丽相册上，记录着夫妇俩新婚时的甜蜜笑容。

随着家用电器的兴起，冰箱、电视机、洗衣机成了这一时期结婚必不可少的"三大件"，家具和金银首饰也在婚礼前的准备工作中亮相。

随着经济的发展，"万元户"不断诞生，在情感需求迅速膨胀的同时，功利和金钱的价值观也越来越浮躁，实在的、看得见、摸得着的经济"物质"被人们看好，那些虚的、表面上无用的"感情"因素渐渐退出。

"社会上涌动着对事业成功和发财致富的冲动。对于不少女孩来说，婚嫁似乎变成了比以往任何时候都更有效的改变命运的手段，嫁个富翁开始成为不少女孩的梦想。感情似乎没有那么纯粹了。"张辉说。

21 世纪：要面包也要爱情

跨入 21 世纪，婚恋则开始真正进入一个完全自由、价值多元的时代。爱情没有固定形式，一见钟情、青梅竹马的有之，网恋、姐弟恋、异国恋层出不穷，"闪婚族""试婚族""丁克族"并存。在这个忙碌竞争的年代，稍一蹉跎就被"剩下"了。

现代爱情以"快餐""速配"的方式在高速发生。"六人晚餐""八分钟约会""万人相亲大会"……当拜金女高声呼喊对"票子""房子""车子"的崇拜时，当打工者在大城市为了生活拼搏时，有人绝望地声称"不再相信爱情"，也有人仍为最单纯的心动在奋斗。

虽然网络上说"这是一个最感性也最理性的时代"，但爱情仍以各种形式在发生，大家以各自喜欢的方式度过情人节。"早上起来的时候，为他煎个鸡蛋倒杯牛奶做早餐。坐公交去上班，用电子邮件写一封情书给对方。下班后一起散散步，在人海中紧紧握住他的手。""没有玫瑰，只要有你，就是幸福。"……不少网民在论坛上晒着自己的情人节计划。

（摘自《人民日报·海外版》2011 年 2 月 14 日，标题有改动）

中国梦当有文化作为

饶宗颐

2001 年，我在北京大学的一次演讲上预测，21 世纪是我们国家踏上"文艺复兴"的新时代。而今，进入新世纪第二个 10 年，我对此更加充满信心。

现在都在说中国梦，作为一个文化研究者，我的梦想就是中华文化的复兴。文化复兴是民族复兴的题中之义，甚至在相当意义上说，民族的复兴即是文化的复兴。"天行健，君子以自强不息。"我们的文明，是世界上唯一没有中断过的古老文明。尽管在近代以后中国饱经沧桑，但历史辗转至今，中华文明再次展露了兴盛的端倪。

推动文化的复兴，我辈的使命是什么？我以为，21 世纪是重新整理古籍和有选择地重拾传统道德与文化的时代，当此之时，应当重新塑造我们的"新经学"。我们的哲学史，由子学时代进入经学时代，经学几乎贯彻了汉以后的整部历史。但五四运动以来，把经学纳入史学，只作史料看待，未免可惜，也将经学的现实意义降到了最低。现在许多简帛记录纷纷出土，过去自宋迄清的学人千方百计求索梦想不到的东西，而今正如苏轼所说"大千在掌握"。我们应该如何善加运用，重新制订新时代的"经学"，并以之为一把钥匙，开启和光大传统文化的宝藏？

长期研究中，我深深感到，经书凝结着我们民族文化之精华，是国民思维模式、知识涵蕴的基础；是先哲道德关怀与睿智的核心精义、不废江河的论著。重新认识经书的价值，在当前有着重要的现实意义，甚至说，这应是中华文化复兴的重要立足点。

"经"的重要性自不待言。因为它讲的是常道，树立起真理标准，去衡量行为的正确与否，取古典的精华，用笃实的科学理解，使人的生活与自然相协调，使人与人之间的关系臻于和谐的境界。经的内容，不讲空头支票式人类学，而是实际受用有长远教育意义的人智学。

"经"对现代社会依然很有积极作用。汉人比《五经》为五常，《汉书·艺文志》更把《乐》列在前茅，乐以致和，所谓"保合太和""致中和，天地位焉，万物育焉"，"和"表现了中国文化的最高理想。五常是很平常的道理，是讲人与人之间互相亲爱、互相敬重、团结群众、促进文明的总原则。在科技发达、社会巨变的时代，如何不使人沦为物质的俘虏，如何走出价值观的迷阵，求索古人的智慧，应能收获不少有益的启示。

西方的文艺复兴运动，正是发轫于对古典的重新发掘与认识，通过对古代文明的研究，为人类智识带来极大的启迪，从而刷新人们对整个世界的认知。我国近半个世纪以来出土文物的总和，比较西方文艺复兴以来考古所得的成绩，可相匹敌。令人感觉到有另外一个地下的中国——一个在文化上鲜活而又厚重的古国。对此，我们不是要照单全收，而应推陈出新，与现代接轨，把前人保留在历史记忆中的生命点滴和宝贵经历的膏腴，给以新的诠释。这正是文化的生命力所在。

20世纪60年代，我的好友法国人戴密微先生多次说，他很后悔花去太多精力于佛学，他发觉中国文学资产的丰富，世界上罕有可与伦比。现在是科技引领的时代，但人文科学更是重任在肩。老友季羡林先生，生前倡导他的天人合一观。

以我的浅陋，很想为季老的学说增加一小小脚注。我认为"天人合一"不妨说成"天人互益"。一切的事业，要从益人而不损人的原则出发，并以此为归宿。当今时代，"人"的学问比"物"的学问更关键，也更费思量。

对于一个中国人来说，自大与自贬都是不必要的。文化的复兴，没有"自觉""自尊""自信"这三个基点立不住，没有"求是""求真""求正"这三大历程上不去。我们既要放开心胸，也要反求诸己，才能在文化上有一番大作为，不断靠近古人所言的"天人争挽留"的理想境界。

（摘自《人民日报》2013 年 7 月 5 日）

中国道路的伦理底蕴与价值使命

靳凤林

中国道路不仅关乎中国命运，也关乎世界发展。如果说一个人的精神格局决定其人生格局，那么一个民族的精神格局则决定其国运兴衰。只有占据人类文明发展的道德伦理高地和价值文化制高点，中国道路才能够最终赢得世人的广泛认可和真心悦纳。

世界上不同民族、不同国家由于其自然地理条件和社会发展历程殊为不同，其文化资本的隐性遗传迥然有别，所形成的道德伦理主张和核心价值观各有特点。中华文明能够绵延数千年，根本原因是中华儿女的精神世界有着独特的道德伦理特点和核心价值体系，存在着日用而不觉的深层道德价值观，它作为中华民族的精神图谱，深深植根于中国人的内心，潜移默化地影响着中国人的思维模式和行为方式。比如，中华民族强调人与自然和谐相处的"天人合一"；强调"天行健，君子以自强不息""地势坤，君子以厚德载物"；强调"大道之行也，天下为公"；

强调"天下兴亡，匹夫有责"；强调"言必信，行必果""人而无信，不知其可也"；强调"仁者爱人""与人为善""德不孤，必有邻"；强调"己所不欲，勿施于人""老吾老以及人之老，幼吾幼以及人之幼"等等。正是这种具有鲜明民族特色的道德伦理主张和核心价值理念，孕育和陶铸了中华民族的精神世界，并随着时间的推移和时代的变迁不断与时俱进。

中华民族的道德伦理和传统价值观是在中国大地上孕育而成的，也是在与其他文明不断交流互鉴中形成的。例如，中国古人以借鉴、吸纳、消化的方式对待诞生于南亚次大陆的佛教文化，中国大地上，儒、道、佛在相互激荡中获得多向度发展。也正是这种有容乃大的磅礴情怀，使中华文明得以继续繁荣发展，使中国不断呈现出强健而清新的文化气象。

经济全球化时代，不同国家、不同民族之间文化交融与碰撞仍在继续。所不同的是，这种交流与碰撞的力度空前增加、维度不断扩展，并受到诸多不利因素的影响：国际金融危机蔓延、恐怖主义流行、国际难民增多、网络攻击频发、生态环境恶化、流行疾病传播，各种重大风险在全球范围不断扩散；近现代以来形成的以个人权利为出发点，以民族国家为建制的西方国际政治体系，在求解上述问题时力不从心，而一些西方发达国家则在国际事务中逃避责任，走向逆全球化的趋势已初露端倪。面对此情此景，作为一个具有五千年文明史的国家，中国应当树立何种道德责任、承担何种价值使命，这是值得每个中华儿女深入思考的重大问题。我们要有大智慧、大战略、大担当，在深度本土化与高度国际化的并行不悖和循环互动中，为创设人类文明最新典范做出应有的贡献。

"一花独放不是春，百花齐放春满园。"不同国家之间文化的存在与交融，有利于人们从不同角度观察和思考问题，有利于各种文化之间的平等交流和相互理解，有利于反对和抵制不同民族文化霸权主义思想的扩张，这是世界文明发展的必然之路。黑格尔在其《历史哲学》中就曾对世界各国文化所蕴含的"民族精神"和人类历史文化中所体现的"世界精神"做过深入的研究。他认为，景象万千、势态纷纭的世界历史文化就是世界精神不断取得自由的过程，世界精神作为一种普遍性原则，它主要通过各国历史文化中的民族精神来表现自己。如果一个民族只是留给后代大量的物质财富，而没有在他们身上培养出一种主动成为世界历史运动主体的崇高精神追求，没有培养出有抱负、有理想、有作为、有道德担当和行动勇气的伟大人格，那么这个民族就不会按照自己的意志和价值观去塑造人类生活，更不会完成创造世界历史的使命。

在思想文化渐趋多元多样，人类面临的新问题不断涌现的当下，作为几千年中华文明的传承者和创新者，中国共产党在引领实现民族复兴中国梦的进程中，在马克思主义指导下，努力从中华民族几千年的精神历练中汲取理论资源，将道德伦理、价值理念与时代问题相结合，通过深入挖掘、科学梳理和精心萃取，使其不断创新并重新焕发蓬勃活力，逐步形成独具特色的道德伦理体系和核心价值观；在世界多元文化的交流互鉴中萃取合理要素，展示中国的国际形象，在高扬中华民族文化主体意识的过程中，不断增强中华民族的凝聚力、中国文化的软实力。前进路上，中国道路的伦理底蕴日渐深厚，价值使命不断彰显。

（摘自《光明日报》2017 年 9 月 11 日）

从大历史观看中国道路

李红岩

2004年5月，一位名叫乔舒亚·库珀·雷默的人写了一份研究报告，以"中国是否能够成为另一种典范"为核心议题，提出一套看待中国发展道路的新观点，从而引发了一场以中国经验、中国模式、中国道路为关键词的大讨论。这场讨论直到今天也没有结束，但讨论中所呈现出的共识性基本点却日渐清晰。那就是：中国已经取得巨大成功；中国之所以成功，在于她走了一条借鉴西方经验但不同于西方的独特道路；中国这条道路，不仅改变了中国，而且还在帮助和重塑着这个世界，给世界带来了希望。

时至今日，中国道路不仅是一条现代化的成功之路，而且是一条文明之路、和平之路的理念，正越来越广泛地为世界人民所认同。中国人自己，在中国道路的建设过程中，对这条道路的思想认知程度也越来越深刻。这种深刻性的重要标识，就在于有越来越多的思考者认识到，唯有融通历史与现实，打通历史的关节点，将170多年的历史作为有机联系的整体来考察，才能看清中国道路的来龙去脉。《中国道路》一书的撰写宗旨，即在于将大历史观贯穿到全书中去。

从历史的维度看中国道路，应当秉持大历史观。也就是说，应当把鸦片战争以来直到今天中国170多年的历史，作为一个不可分割的整体来看。这170多年的历史，从时间断代上划分，通常被分为近代史、现代史、当代史三个部分。这当然有其合理性与必要性。但是，随着中国道路的拓展，将170多年的历史作为一个整体来观察，显得越来越必要。因为只有这样做，中国道路的内容及逻辑才能相对地看清楚，看透彻。因此，这部书不是从新中国成立，也不是从改革开放写起的，而是从鸦片战争写起的。鸦片战争作为一个重大的国际事件，它既是历史的结果，也是历史的起点，在大历史观中意味着中国道路的起步。从鸦片战争一直到2012年，作者试图通过长时段的视角，从整体上揭示中国道路的历史必然性。

鸦片战争既是一个历史概念，也是一个历史理论概念。作为后者，它是中国走向半殖民地半封建社会的始点，意味着中国到底应该走什么样的路、怎样走这一历史课题的提出。此后，中国人先后发动了三次伟大革命，均可以看作是对这一历史课题的解答。第一次是孙中山先生领导的辛亥革命，推翻了统治中国几千年的君主专制制度，为中国的进步打开了闸门。第二次是中国共产党领导的新民主主义革命和社会主义革命，推翻了帝国主义、封建主义、官僚资本主义在中国的统治，建立了新中国，确立了社会主义制度，为当代中国的发展进步奠定了根本政治前提和制度基础。第三次是中国共产党领导的改革开放这场新的伟大革命，引领中国人民走上了中国特色社会主义广阔道路，迎来中华民族伟大复兴的光明前景。这三次伟大革命，构成前后相连、完整持续的因果关系，构成历史与逻辑的高度统一。

在这条道路的演变过程中，洋务派搞过"中学为体，西学为用"，试图在不变更清王朝根基的前提下继续走封建皇权之路，结果，历史抛弃了他们。以康有为、梁启超为代表的改良派发动戊戌变法运动，试图将中国引向皇权资本主义，结果，历史同样抛弃了他们。孙中山领导的中国同盟会和早期中国国民党，试图将中国引向资本主义社会，结果，政权被他人篡夺。民国初年，袁世凯想让帝制回炉，结果，历史把他钉在了耻辱柱上。与之相伴或稍后，改良主义的、村社主义的、无政府主义的、三民主义的、新儒家的、复古主义的、法西斯主义的、社会民主主义的种种方案，均被提出或实践过，但历史同样没有选择它们。这就凸显了另一条路，即从新民主主义到社会主义，在社会主义初级阶段实行的中国特色社会主义道路。这条道路，正是鸦片战争以后的中国历史不断演变、不断积累、不断选择的结果。

民国时期的著名历史学家何炳松提出，历史联系主要表现为源流关系，而不是其他的什么关系。这就启发我们，历史"共通性"的思想绝不可废。从这样的高度考察中国道路，我们自然不能割断历史的源流，不能损坏历史的"完形"。我们不仅不应将新旧两个民主革命截然分开，而且不可把改革开放前后的两个30年分开。近代中国历史的发展使中国选择了社会主义。社会主义初级阶段的基本国情使中国选择了中国特色社会主义。只有中国特色社会主义，才能真正使中国实现现代化。这就是170多年来中国所走过并还在继续走的现代化之路！这条道路，唯有站在大历史观的高度，才看得真切，看得明白！

(摘自《光明日报》2012年11月25日)

激荡世界中的中国道路
郑汉根

当今世界，正站在历史性重大变革的关口：国际关系风云激荡，世界经济低迷失衡，西方出现治理危机，不确定性上升……

当有人发出"我们的星球病了"这样充满担忧的感叹时，中国正在坚定不移地沿着自己选择的道路奋力前行。

中国道路自信坚定

全球经济增长第一引擎、世界货物贸易大国、外汇储备世界第一、7 亿人脱离贫困……世界见证了中国经济发展取得的巨大成绩。在科技、社会、国际影响力等方面，世界也惊讶于日新月异的中国。

中国的发展成就，源于全体中国人民的艰苦奋斗，也源于对中国特色社会主义道路的执着坚持。不管国际风云如何变幻，中国人始终保持着对自己选定的发展道路的坚定自信。

中国发展给予世界的一个重大启示就是：坚定走符合自身国情的发展道路，是取得巨大发展成就的根本保证。

中国道路的成功，让所谓的"中国崩溃论"成为笑谈，"历史终结论"也灰飞烟灭。中国道路与西方发展道路不同，用"西方中心主义"的标准和逻辑来看待中国发展，始终不得要领。

"中国的发展触动了这个世界很多敏感的神经，也远远超出了西方政治话语的诠释能力。"复旦大学中国研究院院长张维为如是说。

德国杜伊斯堡大学东亚研究所所长托马斯·海贝勒如此评价中国道路："打破照搬照抄的冲动，从实际出发探寻自己的道路，这是智者的选择。"

中国道路吸引世界

站在全球发展的新起点，各国走什么样的发展之路，追求什么样的发展目标，事关各国人民的幸福，也影响着人类的未来。

中国共产党卓越的执政能力、以人民为中心的发展思想、通过改革战胜各种挑战、奉行互利共赢的开放战略等，海外研究者已看到这种"中国模式"有着强大的生命力。

"中国模式行之有效，具有重要的政治意义和社会意义。"这是墨西哥学院亚非研究中心专家罗默·科尔内霍的论断。

悠久的历史、独特的文化传统、庞大的人口、复杂的国情，加之日新月异的发展，种种因素叠加，使得中国的发展道路给世界带来震撼。中国道路的奥秘何在？

《习近平谈治国理政》自出版以来持续热销，在全球范围内引起强烈反响，全球发行总量已突破 620 万册。法国前总理让－皮埃尔·拉法兰说，他仔细拜读了这本书，还做了详细的阅读笔记。

印度尼西亚东盟南洋基金会主席班邦·苏尔约诺认为，中国模式在全球的吸引力越来越强，值得发展中国家借鉴。印尼政府需要学习中国精准扶贫、从根本上缓解贫困的经验。

中国道路启迪世界

"鞋子合不合脚，自己穿了才知道。"

越来越多的外国政府和政党，开始从中国领导人和执政党身上汲取治国理政的智慧。尤其是不少发展中国家，注重借鉴中国的发展经验，探索符合自身国情的发展道路。

中国发展道路的成功激起非洲大陆的浓厚兴趣。

中国如何实现政治、经济、社会等各领域协调发展，中国执政党如何搞党建，中国制定五年规划的经验等，都成为非洲政界人士热衷研究的内容。

北京大学南南合作与发展学院于2016年成立，近50名外国政府官员成为首批学员。他们来自27个国家，其中3/4是非洲国家。了解中国、借鉴中国治国理政经验，是学员们的主要学习内容。

除了发展中国家，发达国家也注意从中国的治国理政经验中汲取营养。

西班牙加利西亚国际关系研究院院长胡里奥·里奥斯说，西班牙人不仅羡慕中国取得的伟大成就，而且也正在"悄悄向中国学习和取经"。执政的人民党最近决定设立党内监督机构"人民监督办公室"，以惩治党内腐败。里奥斯说，这一举措的灵感就来自中国共产党的"纪律检查委员会"。

许多中外人士都认为，中国道路的成功，将使世界现代化发展道路更具多样性，也将对人类文明发展进程产生深远的影响。

"越来越多的人相信，中国的崛起会促进世界的转型。"英国剑桥大学政治与国际关系高级研究员马丁·雅克说。

中国道路兼济天下

自立立人，自达达人。在取得自身发展成就的同时，中国没有止步于独善其身，而是积极为全球治理更加公正完善而努力，也愿意将发展机遇与世界广泛分享。

在国际舞台上，中国努力倡导并带头实践合作共赢、共商共建共享、构建人类命运共同体等理念，为国际治理贡献更多和谐共生的动力。中国提出的"一带一路"倡议，为世界各国带来难以估量的发展机遇。

中国为全球治理的改善而提出的倡议和采取的行动，受到国际社会广泛肯定和响应，也充分彰显着中国的道路自信。

"中国正在为全球治理发挥越来越重要的引领作用，国际社会应该欢迎中国提出的原则和倡议，中国梦与世界梦已日益联系在一起。"这是世界经济论坛主席克劳斯·施瓦布的生动总结。

在激荡的世界中，道路决定命运。

"实现中国梦必须走中国道路，这就是中国特色社会主义道路。"

中国这个拥有13亿人口的东方大国，一路稳健地走来，让"中国道路"这张名片在国际舞台上越发闪亮。随着中国国际影响力不断提升，中国道路的正向外溢效应也将带给世界更多正能量。

（摘自新华网 2017 年 2 月 27 日）

致　谢

　　盛夏又至。窗外草木繁盛,绿树成荫,让人感触到了生命的蓬勃与绽放。回想去年这个时节,我们推出了《读者丛书·社会主义核心价值观读本》。丛书一经推出,不仅得到了广大读者的一致认可,而且获得了业界的广泛好评,被称为是一套"用好故事拨动时代心弦"的好书。今年盛夏,我们带着梦想再次出发,开始了新的征程与探索……

　　继《读者丛书·社会主义核心价值观读本》成功出版发行之后,甘肃人民出版社又策划了《读者丛书·中国梦读本》。丛书以读者品牌为引领,围绕"寻梦追梦、中国道路、中国精神、人民梦想、实干兴邦"等主题,从各种图书、报刊、网站上精选了500多篇美文汇编成册,每册突显一个主题,奉献给广大读者。在丛书策划、编辑出版过程中,得到了中共甘肃省委宣传部、甘肃省新闻出版广电局以及读者出版集团、读者杂志社等多方的指导和帮助,在此深表谢意! 与此同时,丛书的编撰也得到了绝大多数作者的理解和支持,他们对作品的授权选编和对丛书的一致认可使我们消除了后顾之忧,对此我们表示诚挚的谢意!虽然我们尽力想把工作做得更细致更扎实些,但因为种种原因依然未能联系到部分作者,对此我们深表歉意,也请这些作者见到图书后与我们联系。我们的联系方式是:甘肃人民出版社(甘肃省兰州市读者大道568号,730030,联系人:袁尚,0931—8773343)。

《读者丛书·中国梦读本》是我们送给筑梦路上人们的美好希冀和前行的精神动力。当您打开这套丛书的时候,您可以看到仁人志士在寻梦路上用生命和鲜血书写的人生丰碑,也可以感受到几代科学家在强国路上的无私和献身精神;还可以看到普通人在追梦路上的辛勤汗水……是他们,用自己的牺牲和奉献默默无闻地支撑起中国梦。您就更加清楚:我们比任何时候都更接近梦想!

身为出版人,我们深知,要做一本好书,不仅要有好的主题,好的构思、立意,更要有好的故事。因此,利用"读者"的品牌影响力,以"读者+"的形式述说时代主题成为我们新的出版理念。换言之,就是秉持《读者》"清新、隽永、朴实、平民"的风格和"真、善、美"价值标准,用一个个好故事拨动我们这个时代的"心弦",倾听我们这个时代的脉搏。我们相信,这一个个好故事,犹如一粒粒种子,将会在每一位读者心中生根、发芽,最后成为一棵棵参天大树。

这是我们读者人的中国梦!也是我们所有出版人的中国梦!

读者丛书编辑组
2018年6月